夏琳

不專心賣書的小書店和它的常客們

STORIES ABOUT THIS BOOKSTORE

南崁1567小書店邁入第三年紀念書

文／夏琳
圖／亦馨

推薦序／我們如此迫切需要一家書店

銀色快手

對夏琳的第一眼印象是個對工作保有熱情的書店女子。

還記得和房東簽下租約決定開書店的那天下午，我騎著小銀來到Google地圖指引的小書店所在地。在此之前，對南崁的印象除了台茂購物中心和特力屋，其實沒什麼概念，聽逗點文創總編輯夏民說有人在南崁開了獨立書店，覺得十分好奇，這幾年外移人口多半來自台北，南崁的消費生活愈來愈多采多姿，但我有點懷疑，南崁人會需要一間獨立書店嗎？

和我有著相同想法的人也不在少數吧，當我的腦海盤旋著淡水的有河BOOK、永和的小小書房，這些心中既定的獨立書店印象，不免為著自己還未去探訪的小書店擔憂了起來，一個堅持理想的社區型書店，究竟在這個數位化的時代能否順利地經營下去呢？買書的人愈來愈少了，網路書店和電子書，連鎖書店的折扣大戰，這些不利於一間小書店發展的環境因素，都不免令人憂心忡忡，卻有人仍執迷不悔，堅持在景氣低迷的風雨中點一盞燈。

我們到底為什麼需要一家書店呢？

是因為享受閱讀空間的氣氛嗎？還是因為可以進去裡面點一杯飲料呢？我記得第一次踏入小書店，內心帶有些許忐忑不安，我不知道書店的空間竟然只有十五坪的大小，而且櫃檯設置在中間，全然超出我的想像之外，有個女人（我猜是老板娘）站在櫃檯裡面專注地閱讀，只輕聲地打了招呼。我不動聲色地開始搜尋書架上的書目，以一種慣性的眼光開始去歸類書店主人的分類方式、選書的範圍和喜好，那幾乎是下意識的行為。針對書架進行推理，還原某種閱讀的風景。我並沒有急著要和老板娘搭訕，默默地挑了書，點了杯熱拿鐵，在桌邊坐下來翻個幾頁，繼續我對這個小書店空間的觀察和推理，直到有一位文質彬彬的中年大叔走進來，坐在吧台邊，同樣也是安靜地閱讀，偶爾和櫃檯裡的老板娘搭上兩句話，我才發覺下午的時間，好像沒什麼客人耶，除了我以外，小書店顯得好安靜。

我挑了兩本書結帳，分別是三島由紀夫的小說以及屠格涅夫的散文詩。離去前，老板娘看了看我結帳的書，知道我喜歡文學作品，順便向我推薦最近才出版的太宰治短篇小說選《葉櫻與魔笛》我一時之間感到害羞又興奮，終於忍不出透露身分，其實我就是那本小說的譯者，老板娘突然拉高了音量，唉喲怎麼不早說，裝什麼神秘嘛，來來來，咖啡我請客，我堅持說要付錢，老板娘又說，那不然請你嚐嚐我們家的新產品抹茶拿鐵好了，這杯不用錢，你可以坐著慢慢喝，於是乎，我們就在這樣的情況下相識了，從書店聊到許多夢想與現實的衝突和未來的願景，離去前我向她表明，我也即將籌備一家書店的想法，她立刻迫不及待問我何時開張，有機會要來我的書店逛一逛，也在那時候，得知坐在吧檯邊看書的大叔原來是她的老公，是書店背後默默支持的關鍵力量，能認識這對夫妻也是一種福氣呢。

那是初夏，後來夏琳邀我去小書店分享文學和旅行的講座，我們之間的互動愈來愈頻繁，不光是逛彼此的書店尋寶而已，也會介紹自己家的客人去對方的書店逛一逛，還會支援進貨，在臉書上開團合購值得推薦的好書，遇到活動宣傳或是進貨折扣的問題，也會互相討論或是吐苦水，有時常看見唉唉叫小協會又在為訂不到書，或是出版社不願意支持小書店折扣進書的事而煩惱，總是在大吐苦水之後，又振奮起精神繼續為小書店的營運努力奔走，非常之正面導向的行動女王，你看她辦起講座、展覽、藝文報、南崁文化地圖，辦說故事課程、社區活動企劃人才培訓，那麼不遺餘力的發光發熱，總覺得自己似乎也該為社區或讀者做些什麼，內心的鬥志就這樣被激發出來，而且愈挫愈勇，有必要把書店搞得這麼忙碌嗎？

因為夏琳想做的事，不只是書店而已。

賣書本身並不容易，單純只是一間賣書的店也不會有人發表意見。可是，當書店是一個閱讀的平台、社區營造的夢想基地，藝文的微型聚落，書店也不甘於只是扮演賣書的商業角色，而是變成街坊鄰居、讀者和讀者之間、夢想家和行動派互動的場域，小書店的空間被廣義的延伸，被賦予更多的意義，也承載了許多文化碰撞的可能，夏琳無疑是這一連串夢想的主力推手，看她寫小書店的人物誌，那麼親切自然，有時也會有搞笑演出，或是灑洋蔥教人噴淚的經典畫面，就知道她看重的書店內容不只是書，而是人，只有真實的人際往來，真誠的情感交流才能落實小書店的夢想，那源於她童年父執輩在高雄開書店的記憶，如今傳承到她的手中，開出豐富多彩璀燦的花朵，我心裡深深明白，那支持她的力量，是親情的溫暖，是血脈相連的記憶，是甘於勞苦仍堅持要在社區中點一盞燈，指引那些愛書的人，放心好了，這裡有小書店的存在，你並不寂寞，並不孤獨，有時間隨時歡迎回來這裡，和我們聊聊生活的苦，快樂和愁煩，旅行的意義和人生的夢想。

不管日子怎麼難熬，環境如何艱難，就是要把小書店的精神傳下去。這是我所認識的夏琳，也是一起奮鬥的伙伴，戰友。即使她常在臉書上講，她只是愛碎碎念的大嬸，喜歡去日本自助旅行，喜歡日本偶像團體嵐的追星族，但在我心目中她就是個不折不扣的理想主義者也是浪漫主義者，更厲害的是，她就是有辦法把想法用具體的方式來呈現，不改初衷的一路向前，我相信大家都羨慕有書店的小日子，我也相信南崁1567小書店會一直開下去，帶給更多人歡笑和溫暖，最後祝福這本書能送到每一個需要它的人手上，持續發光。

——本文作者銀色快手，桃園荒野夢二書店店主、作家、詩人、日文譯者。

推薦序／如俄羅斯娃娃一般的存在——寫給南崁1567小書店

陳夏民

朋友到了台灣某風景區，買了一組俄羅斯娃娃送給我，手工繪製的圖案有些樸拙，並未忠實呈現俄羅斯式的細膩工筆，但那經由精密設計而能夠收納彼此的娃娃，大的藏著小的，小的收著更小的，拆解的過程帶給我諸多奇趣。南崁 1567 小書店其實也帶點俄羅斯娃娃的味道。

十五坪左右的空間，精心研究的空間規劃，加上那一扇設計師口中是「書店精神」，要價十萬圓的玻璃門，總讓讀者在踏入之後，發現內裡各有機關，不僅可以好好看書，也能閒散地喝杯咖啡，偶爾起身走走，後頭牆面便是藝文特展，當然週末時刻也能在店中聽一場精彩講座。小小的一間書店，在不同角度看來，既是咖啡店、藝廊，也是沙龍，怎不令人驚喜？

起初是因為業務關係而認識小書店的主人夏琳，還記得第一次拜訪小書店之後，我一邊騎車回到工作室，看著四周林立的住宅區大樓，一邊問自己：「這些居民都會走進這家書店嗎？」開始合作之後，我透過數字認識小書店，一個月接著一個月，看了許多報表，發現業績很穩定。

「這不是一間只為了圓夢而開的書店，她是來真的。」我這樣想。

後來，逗點與小書店互動較為頻繁，開始有了講座或銷售方案等合作。每次講座結束後，夏琳總會用堅定的眼神望著圍坐在方桌邊的讀者，深情地向他們推薦好書，然後，你便看見讀者們起身到櫃檯買書結帳。書是一本一本賣的，每一個作者在講座結束說完「謝謝大家」時，心中總是忐忑不安，深怕多數讀者隨著掌聲消散就此離去，而沒人購買。但在南崁1567小書店，講座結束之後，讀者總是會帶著書本重返講座方桌，臉上帶著喜悅，看在出版人與作者眼裡，彷彿魔幻時刻上演。此時，我與夏琳往往會交換一個眼神，那是致謝，也是對於戰士的最高致意。

講座之外，夏琳也沒閒著，她透過自己的策展長才，透過精彩而密集的活動規劃，讓小書店成為社區的藝文中心，並帶動讀者們探索南崁地區的美好。同時，夏琳也與同是書店老闆的銀色快手合作，想辦法幫忙其他獨立書店批貨，雖然其中的郵資總得倒貼、溝通訂貨也得多花時間心力，但是她總是向幫忙她記帳的店工求情，請對方別管盈虧，睜一隻眼閉一隻眼，無論如何都希望能夠讓其他書店都有貨可拿。這時我才理解，對於夏琳而言，小書店是為了實踐她想要改善大環境的心情而存在的，可以想像小書店的未來，絕對不會只是目前的模樣。

果然，2014年，在文化部經費挹注之下，夏琳先是培訓社區的創意人才，經過層層篩選，最後組成了團隊啟動南崁1567小市集，一舉打破了南崁1567小書店原有的空間限制，當天來客數也打破了桃園地區創意市集的紀錄。

身為出版人，看著一間書店不需高喊口號，就能興起一陣改革地方的潮流，怎能不佩服？不到三年的時間，南崁1567小書店從一間小小的書店，演變成南崁當地藝文中心，再到一個市場反應熱烈的創意市集，彷彿俄羅斯娃娃一般，翻轉出許多可能，卻不受空間侷限持續進化，真是一間充滿奇蹟的書店。

一間店其實反映了店主的性格，由此判斷，小書店的主人夏琳其實也是一尊俄羅斯娃娃，各項才華一層藏著一層，讓這十來坪大的空間盡情展現多樣面貌。深入認識她後，我才知道原本從事藝術策展工作的她，放下資深策展人光環，繼續攻讀藝術管理，卻在親人離世後，決定重拾家中兩代的老本行，開了書店。

「我小時候可是吃舶來品餅乾長大的耶！」夏琳經常用這一句話，簡單扼要地點出書店黃金年代早已消逝。是啊，如今要從事賣書這項生意，困難多了。儘管我們總是看見小書店所創造的奇蹟，但有更多不為人知的時刻，小書店一整個下午沒有客人，而到目前為止，店主也不曾支領過薪水……。

是啊，很辛苦，但是小書店也不知不覺也將邁入第三年了。

若是把南崁1567小書店那一層又一層的多元面貌，如同俄羅斯娃娃機關一樣慢慢拆解下來，最內裡的位置，或許僅藏著一顆想家的心。和《綠野仙蹤》裡的桃樂斯一樣，為了想念在另一個世界安好生活的親人，夏琳踏上黃磚路，在如今（如今已是故鄉的）異鄉開了一間小小的書店。我好奇，當夏琳顧店時透過那一扇書店精神的玻璃門，看見外頭日光閃亮，是否會想起童年記憶中那在高雄港邊炙熱陽光下，玻璃門窗反射著耀眼光芒，外國水手、本地讀者絡繹不絕的（那一間被稚嫩的她認定是家的）外文書店。

南崁1567的存在起初或許只是對童年記憶的回望，但夏琳（和桃樂斯自己）其實不知道，在她倆朝著夢想前進的過程中，早已為每一個曾與小書店相遇的人，帶來勇氣、智慧，與一顆炙熱的心。

「其實喔，我還想要再開一間書店——」有一次搭夏琳便車時，她這樣說。語畢，她立刻苦笑，我也跟著笑。雖然覺得這念頭很瘋狂，但以她那工作狂的個性，應該沒問題吧。「不過下一次我絕對不會裝那麼貴的門了。」她不忘補充說明，我們又笑了。

——本文作者陳夏民，作家、英文譯者、逗點文創結社總編輯。

歡迎光臨　不專心賣書的書店

夏琳

在大都會外，桃園南崁與台北林口交界，靠山的一個小城裡，有間書店叫「南崁1567小書店」，小巧溫馨，想找的書總是沒有，卻經常能帶回滿滿的溫馨喜悅，與意外的挖寶收穫。

老板娘經常坐在書店正中央櫃檯前，一邊遠望前面綠意的公園、一邊聽著騎樓上小孩們追逐嬉鬧。空閒的時候看看書，客人上門時聊聊書、話話家常，這裡被笑稱「社區的柑仔店」，也有人說它是「諮商空間」，大學裡教管理的老師說它夠格兼營「文創企管顧問」，教歷史的老師說它正在南崁寫社區發展史，三不五時也會有男孩女孩來找老板娘問感情怎麼走下去。能談社區發展、能聊藝文，最常聊的還是大嬸式茶餘飯後。假日的文學與生活講座經常把書店空間塞爆，有時也會很熱血地把居住在這裡的人們整合起來，舉辦各種社區活動。

是的，這是一間「不專心賣書的書店」。

說它賣書賣得不專心，這間書店卻有一種魔力，讓人不自覺地把錢包掏空，默默到鄰近提款機領錢買書。

有時候會對台灣出版環境無奈，對血流成河的折扣戰無計可施；有時哀傷拿不到書，經銷商不給新書、出版社不願和利小微薄的書店直接往來，三不五時在小書店唉唉叫兩聲，許多同業也組成「唉唉叫小協會」互相幫助，也互相取暖。雖然經常感嘆環境時不我予，但哀傷之後，總是會收拾好心情，繼續努力向前衝。

老板娘對於書市如此低迷、利潤如此微薄，還能負擔房租水電感到得意。因為，有許多許多熱愛小書店的人的熱情支持，實際加油打氣。每天，都有許多溫馨有趣的故事在小書店發生，這股積極正向的力量，讓小書店即將屆滿兩週歲。

這些故事主角們，就是熱愛這間小書店的常客。透過小書店老板娘的視角，把它們寫成三十六篇小故事，做為小書店邁向第三年紀念。其實，每個人都能找到一間與自己心靈相契合的書店，在這個講求速度、便利，遺忘人情滋味的世界裡，在小書店，我們重拾人和人互動的情感，以書為媒介，深度感受閱讀的美好。

目錄

番外篇——閉關寫作之熊本生活日記

給 天上的爸媽，我過得很好，請不用擔心。

「店舖規模越大，就越容易流於制式化，出現一種機械的味道。」

摘自《東京日和 淺草・神田・神保町：作家的祕密老舖X古書街咖啡時光》，P.95

以手寫結帳、人客進門不說歡迎光臨，以微笑問好；隨意翻翻看看，再聊上幾句。小書店不添加僵硬的機械味，店工們與愛書人變成好朋友，這本書是發生在小書店裡的人生故事。

接下來，我們會在小書店裡遇到什麼樣的人呢？

01/ 小書店出場人物

夏琳—
雖然自稱店主，店工、老闆也可以，但總覺得「老板娘」寫起來比較有味道。

夏莎—
不是夏琳的妹妹，是小書店重要夥伴店工之一，自己取名為夏莎，原因是有一天站在主題區中間陳列架，像極了蒙娜麗莎而得名，本業為設計。

葛雷絲小姐—
第一任會計小姐，是夏琳年輕時工作上的上司和重要夥伴。近年身體不佳，偶爾協助會計工作。

夏天小姐——

第二任會計小姐兼店工，是最新進店工，原本是常客，有兩個小孩，個性認真負責，最不擅長寫推文。

伊果阿伯——

是夏琳的先生，工作閒暇時會到小書店，默默拿出工具變成水電技工。工作完成則偽裝成氣質文青，安靜看書，月底則變成出納員。

小店工　夏道——

是伊果阿伯的表妹，武功高強，空手道厲害而得名，曾得過全國第三名。目前為上班族，假日偶爾會到書店幫忙。

小店工　KOKORO—

因本名中有個「心」，日語發音 KOKORO 得名。大學社會系學生，媽媽與夏琳是好友，連帶與 KOKORO 也變成好友，假日偶爾會來上幾次工。

小店工　小楊弟—

寒暑假才會出現的大學生，媽媽和夏琳是好友小楊弟像極了日本演員西島秀俊。

夏琳原為高雄人，因為伊果阿伯的工作在桃園的關係，居住南崁已經十二年。如果算上自己，娘家三代都以書店為業。六、七〇年代，高雄鹽埔最繁華的五福四路上，短短一百公尺內，全盛時期有三家外文書店都是家

族創立，目前敦煌書局高雄營業所前身，即為夏琳大伯父的書店所轉讓。

每當大船進港，家裡的外文書店便擠滿拿著書單要買書的外籍船員，夏琳也得幫著拿書單幫忙找書，也有郵寄服務，若客人要求寄送，包裝妥當後就得走十來分鐘到郵局寄包裹。好重又好遠的距離啊，那時才只是小學生而已。隔壁名為白蘭地的酒吧，是小時候一直好奇想要進去看看的禁地：美豔香噴噴的阿姨、金髮碧眼的年輕船員，絡繹不絕。

只有幾百公尺短短的五福四路，印象中書店至少六、七家，好多同學住在專賣進口貨的堀江商場裡，他們經常在生日時帶舶來品糖果到學校分給同學，也有人經常帶進口玩具或機關很多的鉛筆盒，贏得許多羨慕眼光，那時經常會數著……啊，甲同學鉛筆盒有五個機關、乙同學竟然有九個！

三、四十年前鹽埕埔居民一般而言經濟能力不差，多數家庭會送孩子去學音樂，鹽埕國小在一九七〇年代是音樂重點小學，幾乎沒有人不會樂器的，夏琳也曾被老師叫去考音樂實驗班，可惜沒考上，但是學的樂器少不了，會口琴、口風琴，也會一點點直笛。口琴是當貿易商船船員的爸爸教的，他說沒有船員不會吹口琴的，其實不容易學會，小時候自然而然就會了，吹口琴時，特別有種淒涼的感傷。

如此繁華，二十多年前開始進入實體書店緩慢沒落時代，大馬路上的書店也一間間熄燈歇業。隨著時光流逝，當年的書店主人也一個個年華老去，遠離到另一個世界。夏琳的爺爺、奶奶、父親、母親、還有公公相繼過世；之前在同一公司工作的年輕同事，也走了兩位。

父親和奶奶過世相差不到一百天，我這出嫁的女兒還分到一點點遺產，望著那些數字想，難道與親人的連繫只剩下這些嗎？親人辛苦一輩子，最後只轉成一堆數字，自己都沒有享用就走了。放在銀行，只是毫無意義的數字，當然也不應該浪費在吃喝玩樂，於是萌生開一間書店的念頭，總覺得開書店這件事，是與親人的一種連結。

然而，開書店是很累的一件事，勞力、壓力、心力、時間都是巨大的損耗，能打平、付得出每月人事支出就屬萬幸，更別想把那七位數字成本攤提回來。而且，夏琳討厭算帳，從來就沒有企圖心創業，開書店從來不是人生選項。還沒開書店前只是接藝文案子的家庭主婦，喜歡的案子接來做，賺零用錢，沒接工作時就看看書、去旅行，平靜過生活。正反面聲音在心裡交戰超過兩百天，週遭所有親朋好友都反對，為什麼不去環遊世界？這些經費一旦投下去開書店，而且還是已然沒落的夕陽產業，大環境根本無法讓獨立書店存在，根本就是肉包子打狗有去無回。

然而，親人接連逝世，人生無常，夏琳的媽媽在自己這年紀時已經病重吐血送醫，人生能活幾年？沒有比那句老話更貼切的決定了——活在當下，想做就做。

於是，很湊巧地，在父親過世滿一週年之際、夏琳跨入不惑之年的二〇一三年二月，南崁1567小書店成立。

接下來介紹其他小書店店工。所有店工都是夏琳的好友，不然就是親友的小孩。每個月視需求與意願排班。基本上，老板娘會在平日與活動舉辦日出現，夏莎和店工則多數假日出現。

先說夏莎。夏莎是夏琳在中部一間博物館工作時的同事，但夏琳並沒有在那間博物館待很久，就跑到大陸求學攻讀博士。雖然認識，也多次聚餐，但嚴格說起來並不是特別熟識。有一天，夏莎聯絡夏琳，詢問南崁房子的事，原來她想把家搬到更寬敞的空間居住，知道夏琳居住南崁，便來探聽。於是夏琳就很熱心介紹了南崁，建議或許先租屋住一段時間，再慢慢尋找最適合的房子也不遲。

就這樣從聊房子開始，也聊到了創業計劃。那時夏琳已決定要開一間書店，而夏莎非常想要開一間咖啡店。原本打算合夥，後來夏琳決定獨資，請夏莎來幫忙，一方面也能累積創業經驗。飲品相關全部請夏莎負責，夏琳就處理書、活動、展覽和開店前的各種籌備。有一天她站在書店主題書櫃前，一臉安然自得樣，夏琳大笑，這不就是蒙娜麗莎嗎？於是她自己取了個藝名叫夏莎。

人和人一起工作，沒有一開始就如魚得水的，一定都得有一段磨合期，當然夏琳夏莎也不例外。夏琳的缺點是急躁沒耐性，對自己人有話就直說不拐彎抹角，話一出口像把利劍刺人，之後就會後悔，是不是太直了？就算再怎麼理直氣壯，是不是先道個歉才好？而且對於工作非常要求，一定要逐條確認完成才行。而夏莎的缺點是只專注自己在意的事情，有興趣的事情會做得非常好，甚至比完美還要更好上十倍。但是她非常健忘，交待交接的事情殷殷叮嚀還是會漏掉忘掉，夏琳經常得像個祕書幫她記下來。

人非完人，雖然有缺點，但優點可是能蓋過一切。夏莎是個溫暖的人，非常貼心，任何話題都能侃侃而談，夏莎的健談是天生的，真心喜歡與人互動；夏琳的健談是後天工作經驗中塑造出來的，不說話時就算一個人好幾天不開口都可以。有夏莎坐鎮，夏琳完全可以拋開店務，夏莎就算一個人連續值班四、五天都可以處理得很好。

夏莎是最令人放心的店工了。有時候想，如果她真的要出去自立門戶開咖啡店，少了一雙左右手該如何是好！

夏琳大學畢業後第一份工作的第一個主管是葛蕾絲小姐，維持了十幾年的好交情，是夏琳在工作上很重要的貴人，也是很好的姐妹，偶爾能發現她在小書店幫忙。近年來葛蕾絲小姐經常進出醫院，身體承受巨大的痛苦，但她從不氣餒，非常積極面對生活，天天學習氣功，當志工，生活很精采！

某日，她又得回醫院進行治療，想起某一年夏琳去探病時為了給葛蕾絲加油打氣，說等她出院康復就帶她去日本玩，去哪都可以。那一次，葛蕾絲又必須回醫院再度積極對抗病魔，她說想在回醫院前去旅行，三天後，就和夏琳出現在日本九州的路上。

或許是必須一直對抗病魔的關係，葛蕾絲的兒子，也是小店工小楊弟，特別乖巧懂事。夏琳阿姨邀請他寒暑假到小書店打工賺零用錢時，會點頭說好，打工賺錢可以不向父母要零用錢，非常貼心。現在他正在台南就讀美術設計相關科系，學設計很花錢，很期待看到年輕版西島秀俊寒假再出現小書店。

另一位小店工KOKORO，就讀某大學社會系，因為夏琳與K媽是好友，所以也就認識了她。母女倆像是姐妹、也像朋友，經常一起出遊，遇到社會議題也會聊得慷慨激昂。一起學日文、一起看日劇，對在意的藝人評頭論足，也會一起旅行。小店工K的父母都是文字工作者，也熱愛閱讀，她從小耳濡目染，因此文筆也非常棒。有一次讓小店工寫一篇舉辦市集新聞稿，老板娘竟然完全沒有任何修改，就採用了她的文稿。

記得前些日子，小店工敲來訊息：「夏琳！我考上日本交換學生了！臨時找不到我爸媽，不知要和誰說，就先來告訴妳！」那時夏琳真是為她高興，也對於第一個想到老板娘深深感到榮幸。

KOKORO稚氣未脫，娃娃臉總是被認為是小學六年級學生。但她在社會議題的關注與熱情，完全就是一個成熟大人的態度。台灣九合一選舉前一天，她在自己的臉書寫下了這幾句話，讓老板娘肅然起敬。

「很多人像我一樣第一次投票，但沒人希望這是最後一次投票，惟有去行使權利，才不會被剝奪權利。管你是不是政治冷感，管你是不是權貴，管你是收費員還是葉匡時，在明天，你我的力量都一樣。很悲哀吧，每四年只有一天人人平等。那為什麼還不珍惜？如果誰也不敢保證未來還能投票，那我們現在可以做什麼掙扎？就是去投票。」

然而，就算是這麼聰慧的小店工，生活技能也有令人莞爾傻眼的一面。例如，流理台濾網，她竟然不知道應該是裝在濾杯裡以承接廚餘殘渣，笨拙地套在濾杯外面了。例如，她拿刀就像小學生一般，手拙得似乎下一步自己就會割傷一大口子，大家都嚇得不敢再讓她拿美工刀。又例如說，工作場合竟然穿涼鞋，有一次一不小心腳就在櫃檯受傷了，從此不允許她穿涼鞋。回想這些事，夏莎總是心驚膽跳，而老板娘總會大笑好久。

KOKORO將要去日本當交換學生，另一位小店工則是已經回來，目前已經大學畢業。她是伊果阿伯的表妹——取名為夏道，是個武功高手，空手道曾在全國比賽中奪得銅牌，看起來就像是一位深藏不露的俠女。從大學時代起偶爾便會來小書店幫忙，如今也已經出社會一年多了，每個月還是會來兩、三次。

夏天小姐就住小書店所在的社區裡，有兩個小孩，兒子國一、女兒小二。一開始是小書店的常客，經常到小書店幫孩子挑選書籍，也會在小書店報名課程學習。由於葛蕾絲小姐每次到小書店工作時似乎十分疲累，夏琳覺得不能再這樣虐待她，應該要讓葛蕾絲小姐有更多時間休息，於是興起了從認識常客中找一位頭腦清楚、有商學背景的家庭主婦來當會計店工的念頭。也突然發現，夏天小姐會在孩子上學時去打工洗菜，這也太辛苦了，在家樓下打工算帳應該比較方便，便邀請她加入小書店了！

她是一位非常認真的店工，小書店帳務檔案都放在雲端硬碟，經常看她在孩子入睡之後的深夜認真更新帳務，每個月初要結算是最忙的時候，但由於平日都已整理妥當，完全不必臨時抱佛腳，加上公部門帳務也由夏天小姐負責，讓老板娘不必管理帳務，有更多餘力處理活動企劃事務。每當公部門要求修改資料，她總是不必老板娘煩惱，自己就能搞定，約好公部門承辦人後，自己搭車到文化部處理結案核銷的事。

於私，夏天小姐也經常分享每天精心烹飪的家庭晚餐，分一份給夏琳享用。每當看到熱騰騰的家常飯菜與湯，眼淚總是在眼眶裡打轉，這種家庭溫馨時刻，似乎只在小時候才會出現。

事事完美的夏天小姐也是有弱點罩門，那就是不擅長寫文章。寫文章這件事，即使告訴她貼一張照片、寫幾句話也就足夠，但夏天仍是會怯場，不太敢寫出來。這一點，老板娘對她說，就是把這本書、這個場景想要說的話寫出來就可以，但是夏天仍是一臉憂愁地說自己寫不好。沒關係，我們有的是時間好好練習。

最後，來講講伊果阿伯。

阿伯是夏琳的先生，因為少年頭髮白，加上放假在家一定有如老年人般早睡早起，喜歡吃中式餐點，所以夏琳便在公開場合喊他「阿伯」。一開始阿伯反對夏琳開書店，雖然資金來源都是夏琳娘家繼承而來，但他認為資金一投下去便無回收的可能，有錢也不可以如此揮霍。然而經過十個月認真評估規劃，真的不是隨便花，阿伯也轉而全力支持了。他說，想做就去做，很好啊！

伊果阿伯不上班的時候，一定會到小書店幫忙，掃地、整理、修電燈、買牛奶、結帳、掃廁所，什麼都做。雖然不擅言辭，總是沉默無言的時候多，但卻是最強而有力的小書店當家支柱。

小書店人客留言

Sabrina Tsai—

一間不是只有商業氣息的書店，讓我重新拾回窩在書堆裡的幸福，這就是小書店迷人的特質啊！

Bio Taco—

也希望在巷口轉角處，有個這麼溫暖書室，有著朋友、歡笑、和知性感性。

02/ 企劃課學員志工與她們愛的小書店

如果生活空間附近的小公園，三不五時有小型活動，例如小型音樂會、演唱會、戲劇演出、微型手作市集、小農手栽展售、小型藝文展演隨時在生活之間發生，感覺很美好。

有藝術、有文化、有陽光、有綠地，不管是什麼樣的空間，都會是令人愉悅的。

但是，誰來幫我們創造這樣的生活品質？

不依靠政府，不依賴哪個單位給我們好的生活空間，只要有心、有行動力，誰都可以幫自己、也為大家做一點事。

花幾個月的時間，學習一件有趣的事，也為自己和鄰居們規劃一個很棒的夏日活動，把自己學習所得、自己的理想規劃，配合小書店提供的一些活動預算，讓活動成形，在任何一個適合的地方，讓一個空間活起來，想著想著都覺得很開心。這是二〇一四年小書店「勇闖第二年——社區藝文活動季」系列活動的精神主軸：結合同好，整合資源，自己動手做！

從小書店開始，發揮微薄能量，邀請知名講師、作家與藝文人士，善用小書店前公園綠地涼亭，與在地資源合作，請在地村長大力協助，將爭取來的公部門補助款妥善運用，把小書店紮紮實實成為一個微型藝文亮點。

在這前提之下，要讓小書店能夠在殘酷的現實中生存下來！幸運的是，認同小書店理念的朋友不在少數，老板娘規劃出一個課程，打算實驗看看能不能實踐。

首先，規劃推出「社區藝文活動企劃培訓課」，十堂課招收十六人，優先錄取南崁在地或工作人士。課程中有概念、有實務，多數請業界達人來上課，實務課程則由夏琳自己傳授。課程中將依個人喜好分組，共同討論出有創意、有執行可能性的社區藝文活動企劃書，最後一堂課還要分組上台簡報。第七堂課結束後，學員們分成五組熱烈討論著。

一位熟知小書店的常客從騎樓望過去笑道：哇，南崁有這麼多熱血人啊！是的！試著拋磚引玉，把熱血文青、媽媽、大嬸、叔伯們全部吸引過來，藉由學習、練習寫作、議題討論，希望能夠一步步從紙上談兵再將文字化為具體活動。

老板娘一邊收拾店務，一邊偷聽，有人說他們是音樂精靈組，想要給南崁帶來好音樂；有人說想要完成一份蘆竹藝文地圖，建立幾條人文散步路線；有人說想要發起南崁攝影展……。他們選出組長、商量好企劃內容與分工，自動地交換聯絡方式，並約定好交作業的時間。

這些藝文種子生根茁壯、開花結果會是什麼樣子呢？

終於，進行三個月之久的「社區藝文活動企劃培訓課」如期全部結束，學員將課程所學包括概念與實務的學習、討論及內化吸收，完成了五份社區活動企劃書，上台簡報學習成果。

有些或許還不夠成熟，有些學員儘管非常緊張，但是大家最終完成了紙本企劃書，並上台順利完成活動簡報。為避免老板娘私心，也為簡報製造緊張感，還請業界人士提供實質建議，簡報日當天邀請四位人士擔任評審：荒野夢二書店店主銀色快手、文創產業顧問張仰賢、逗點文創結社總編輯陳夏民、淡江大學俄文系講師也是南崁在地代表游孟儒，為學員帶來個人觀點與反思。

這門課程讓小書店培養出十多位社區藝文活動企劃種子，夏琳一向是行動派，與其期待公部門或要求別人來做，更樂意整合各方資源，結合同好一起完成。雖然累，然而有理想的事，一定會留下一些什麼。

講得稍微學術一些，是想實踐「由下而上塑造社區藝文環境」，小書店是「下」，我們的藝文環境是「上」，集合有志學習、有意願讓南崁變得更好的常客與鄰居，向中央政府拿預算、請求地方公部門支援，把大家的力量整合起來，就能做一些事。

成績評分主要標準，包括企劃書完整度、可執行性、創意性、規劃內容與社區的在地連結與互動、報告者與回答者的表現、小組成員的互動與整合的觀察等七項指標。經過評分與考核學員意願，「1567小書店夏日市集」、「蘆竹人文生態輕旅行提案」入選。

學員多數是居住在南崁的家庭主婦與文青，有位媽媽在上課前其實曾來退保證金，她認為自己健康狀況不佳，是不是把機會讓給別人，後來聊了一陣後，她決定堅持下來，雖然很沒自信，卻能全勤而且是最認真的一位！簡報非常緊張，卻得到評審極佳好評，並獲得最多的現場票！

「真的很謝謝妳，這十堂課我也學到很多，當初沒有放棄是對的。」她滿懷感謝寫了信給夏琳。

簡報結束後，開始了四個多月的實際企劃演練與籌備。人文體驗組重點企劃工作是製作《南崁文化地圖》，這張地圖由南崁在地居民完成規劃、在地老居民訪談、收集資料、文字撰寫、藝術家繪圖及後製，文稿也嚴謹地請在地歷史學者也是小書店常客審訂校稿，至少三次，整體文稿修改至少八次，進入美編程序後，更是修改將近一個月，至少七個版本。

記得某天下午首次出訪南崁在地人士，對八月底要完成的《南崁文化地圖》資料收集，希望能有最完整清單。包括老板娘在內，住南崁也不過十多年，一直擔心這些住不夠久的南崁移民，會不會對南崁文化不夠深入。所以，訪談至少五組以上的在地老居民及文化人士，是非常在意的要求。

另一組小市集組，成員起初認為只需要有規模十到十五攤的小市集就夠了。哪知暴發戶似的老板娘豪氣地說，小書店出品的社區活動有文化部全額補助，希望能做到社區文化中心的功能，這正巧是小書店開店願望之一，成為一個微型藝文聚落。

野心大一點，規劃一個有文化、有藝術感、手作，還要帶濃濃書卷味的市集！封街、封巷，公園裡都是美好的手作品，是不是很美？在激起學員們的文化想像後，邀請與徵件結果，竟也超過五十多攤主動參與。

不管是《南崁文化地圖》或是「南崁1567小市集」，從去年開始安排講師與課程、三月起上社區理論概念及社區活動企劃實務，六月籌備，八月進度收網，九月展現成果。看著學員們利用工作與家務之餘，即使夜已深仍積極進行手邊所負責項目，夏琳總是感動淚目。

社造理論經過一年多來的實踐，雖然只是剛開始，才知道理論說得容易，實際做起來可真是難，尤其是要讓原本陌生的人踏出這一步，有多麼難。還好，小書店有一群很棒的學員志工，也有許多熱情等待響應的粉絲們。

除了獲得進階資格的五位學員志工外，還有夏琳、夏莎、繪圖亦馨、平面設計B媽媽，及一位南崁在地歷史學者M媽媽也參與製作。十位裡有六位是媽媽身份，這群媽媽共有十一個小孩。

首先，大家都是愛書人，因為常逛小書店而開始熟稔，變成常客，經常可以看到媽媽學員帶著孩子來逛小書店，或趁能放空時段到書店替孩子選書。看到書店有培訓課程，順利搶到名額上課，進而參與了這些完全是志工性質的活動籌辦。

「我想要在住家附近看到有很美好的藝文活動和市集，享受美好的生活空間。」、「我想要讓孩子們、學生們知道自己家附近有哪些文化風景，讓他們更了解自己生長的地方。」於是，等孩子入睡了，媽媽們有了自己的時間後，挑燈夜戰趕進度；還沒結婚的學員則是等到白天正職工作結束，興沖沖地加入。

她們說，能做自己喜歡的事，真好。

能一點一滴看到自己努力出來的東西正在實現，真好。

R媽媽，前一天下午和大家開完進度會議後，衝到台北娘家接小孩，煮完飯做完家事後開始趕進度，動工修改地圖，以便隔天和設計師討論修改事項。直到半夜兩點還沒睡，隔天一大早又帶著孩子衝到木炭窯討論細節。

K媽媽，家裡雜事一大堆，還要隨時配合婆家長者的臨時狀況，她還能抽空參加許多南崁公共事務。

Y媽媽，不知不覺竟一口氣一個人搞定二十幾家小市集攤主，約廠商討論場地，她的進度從來沒有落後。她常說，等孩子開學就更忙了，趁現在有空趕快做一做。

H媽媽，經常帶著孩子參加會議，暑假是媽媽們最忙碌的時期，但她硬是抽出夜間時間。同時也是學校老師的H笑說，開學後會忙到炸，可得趕緊做一做。

W小姐，公司在中壢，男朋友在新竹，最常來的地方大概就是小書店了，她也是最熱心積極的一位，經常去其他市集參考別人的優缺點，回來與大家分享。

兩個企劃推出之後，於各界引起甚多回響，甚至其他縣市獨立書店都開玩笑表示，南崁1567小書店出版的地圖對其他地方來說，實在太有壓力了！《南崁文化地圖》首版印兩萬份，隔週緊急再加印五千份，南崁各級學校包括五所國小、兩所國中、一所高中的每位師生都拿得到這份地圖，許多學校老師也藉這張地圖為學生設計學習單，邀請家長帶孩子到南崁文化景點走走，認識自己的家園。各大公共場所也索取一空，數家鄰近旅館更是主動協助發送給旅客。

「南崁1567小市集」更被譽為近年大桃園地區所舉辦的市集中，規模最大、最好的市集，尤其是以民間力量自行舉辦。當日盛況空前，藝文風景在南崁流轉著，這群志工學員們以素人之姿，竟能完成如此專業的企劃，得到如此多回響，樂於付出，更多時候是一種收穫！

「夏琳，我們明年什麼時候再辦一次？」學員們熱切笑著說。

小書店人客留言

Charlen He —

小書店之於我，是馴養與被馴養的關係。身為老客人，小書店馴養著我的閱讀胃口，我好像一隻總是嘴饞的寵物，期待從白色書櫃挖掘不同的美味。偶爾被主人夏琳塞了沒吃過的好書到嘴邊，遲疑半天品嚐後，總會驚歎「哎呀！沒想到這個題材這麼好吃。」來來往往的書客，也馴養著小書店，每當夏琳想放棄的時候，想想這些渴食的書蟲們，還是得繼續鼓起勇氣，準備一屋子的好菜。

Cheng Wen —

還記得怯生生地不知道該如何推開小書店的門，莫名地鼓起勇氣踏進去聽了第一場，第二場，第N場的講座，卻忘記是什麼時候不小心和夏琳、夏莎，小店工們變成熟悉的朋友，認識了許多志同道合的朋友們，生日開心的時候想去小書店坐坐，有點想一個人靜靜地，就去小書店靜靜地看書，有什麼idea想找人說說話的時候也想去小書店和店工們說說話，和媽媽一起去聽聽講座、和朋友去小書店翻翻書，就像和老朋友聚會一樣自在。每當我要出門和家人們說：我去小書店喔。他們會安心地說好，然後等我回來和他們說說又有什麼新收穫。有小書店，真好。

03／低調社區風畫家　亦馨

「亦馨，小書店要出一本常客的故事書，妳要不要幫忙畫插圖？」

她才剛畫完《南崁文化地圖》十七張南崁風景，老板娘又馬不停蹄打著亦馨的主意。愛畫畫的亦馨當然舉雙手無條件支持，拿出畫筆，趴在書店桌前隨意塗鴉起來。

認識亦馨是從高雄的三和瓦窯作品開始。小書店有幾個書架陳列展示台灣工藝品，一方面多一種收入，另一方面也給客人多一種購物選擇，對創作者來說，作品能見度越大，通路越多越好。

那天，亦馨拿著一個小器皿，很驚訝住家附近新開的小書店怎麼會有遠自高雄來的作品？夏琳解釋說，「三和瓦窯轉型得很成功，原來主要是生產建築房屋必備的紅磚，現在製作更小的小紅磚，親子可以ＤＩＹ，發揮創意做很多東西，我們向友好合作單位『河邊生活』合作，因為很喜歡這作品，就帶回來介紹給大家。」

於是，漸漸地，就越來越熟悉了。亦馨曾在高雄求學，也學習、實踐過社區發展理論，小書店以閱讀與藝文改變生活環境的作為，她非常認同。我們也一致認為，「如果為了想要達成某件事，才利用社造的方法去促成，我們不同意，它應該是從生活上長時間經營做起。」

二〇一二年末，身為一間社區型小書店，是不是開始該為社區真正做些什麼呢？於是便邀請亦馨擔任第四次展覽的參展者。《看。瞰。崁——南崁街景散步手繪展》就在兩個人的閒談中產生，平時我們走過的路、看到的街景是什麼模樣，透過繪者藝術眼光呈現出來。

更妙的是，她提出一個《南崁上河圖》的構想。以水墨在長軸上作畫，從開展第一天開始，只要亦馨有空就到小書店畫上幾筆，畫完那天就是展覽結束的那一天。這個主意很棒，經常會有人進來看亦馨畫畫，看看自己的家被畫上了沒有，如果亦馨工作較忙，幾天沒時間來，還會被問為什麼畫家沒進展。

有了第一次個展合作默契，當志工學員們要規劃《南崁文化地圖》時，自然而然想起關懷社區文化環境的亦馨。當然，亦馨又是一口答應，以兩個月時間完成了十七幅作品，不只如此，每當進度會議時，亦馨還會主動協助市集組學員畫各種場地圖、交通指引圖，手巧的她甚至自己以紙黏土創作出阿夏、小白及阿福的Q版模型，隨時上演各種市集上需要的宣傳劇場，更是獲得極大好評！這些事情她完全自動自發，幾個月下來與店工們、志工學員們變成很親密的夥伴。

她喜歡在平日下午小書店生意清淡時來當客人，她經常看到一個場景：老板娘忙著整理書，而伊果阿伯也忙完份內工作，在櫃檯前安靜閱讀。據說，這一幕深深感動了她，她畫下了倆人背對背，在小書店裡的情景。夏莎甚至堅持要把這張作品印成明信片。倆人異口同聲說，這就是平凡又感人的書店生活。

當《南崁文化地圖》發送到南崁八所學校時，她擔憂孩子們會不會把精心繪製的地圖隨手扔到垃圾桶，還一直叮囑自己美術班學生，萬一看到地圖在垃圾桶裡，請務必幫老師撿起來。還好，這種情況似乎沒有發生，而且許多學校老師甚至把地圖設計成學習單，請學生們回答問題、請家長帶孩子去南崁的文化景點走走。

有一天，她開心分享了上課的情況：

「素描課的時候，一個小女生說她正在上的美語家教班，有好幾個在南崁讀書的學生，都帶著《南崁文化地圖》和美語老師討論！小女生因為就讀桃園市的學校，所以並沒有機會在學校拿到這張地圖，但是她開心的分享，畫這圖的人也是我的老師哦！」

「我這輩子不會靠賣畫賺大錢，但是用畫圖與人分享，應該是這輩子最喜歡做的事！」亦馨這麼說。

小書店人客留言

文馨——

一個有著柑仔店老闆娘氣息的文化人，應該開間什麼樣的店？像南崁1567小書店這種社區文化柑仔店是最適合的了。我說店主人夏琳有柑仔店老闆娘氣息，不是因為她綁起的馬尾或是身上的圍裙，而是她那爽朗的笑聲、自然而然流露的關心與分享；當精神食糧短缺時，她就像小時候在街口柑仔店遇到的老闆娘，告訴妳什麼好吃、什麼營養，還會擔心你別吃太多，得顧一下口袋……久而久之，這裡也像柑仔店門口會圍坐一群街坊鄰居，喜歡書的人也就這麼聚集在此了。

在連鎖書店、網路書店和便利商店一樣鋪天蓋地時，有些事情真的不能只求方便，一旦方便就走味了（紅燒牛肉泡麵就沒現煮陽春麵好吃吧？）。就像我們在某個小鎮或老街看到柑仔店時，依舊會繞進去買包酸梅或豆干，小書店就是這麼有人味的文化柑仔店，讓我們還可以摸到書的溫度，聞一聞真正的書香。

04 /

小書店裡的孩子

夏琳最不擅長的書種是兒童讀物和現代詩。因為自己沒有小孩，所以開書店前從來沒有接觸過。自己從小偏愛讀有歷史背景的大書，詩詞文體從學校畢業後幾乎沒有接觸過，加上開書店前與一般讀者相同，大多只逛連鎖書店和網路書店，從來沒有看過詩集擺在推薦書區。但是開書店以來，這兩類書籍成為小書店很重要的書種之一。

南崁是一個沒有少子化現象的地區，以小書店為中心，走路十分鐘距離有四所小學、兩所國中和一所高中，四所小學人數已超過一萬人，占全蘆竹人口百分之十五。鄰近的南崁國小甚至學生人數大爆滿，居住本地的學生甚至必須越區到其他小學就讀。

既然把小書店定位為社區型書店，擁有眾多學生、學齡前兒童的住宅區範圍內可推敲出擁有未成年子女的父母年紀大約也在三十至五十歲之間。小書店是一間社區書店，理應要有適合全家各年齡層的文學及生活類型書籍，可以讓小朋友坐在小書店的小椅子翻翻書，向父母撒嬌買書，睡前唸給自己聽；爸爸媽媽也能找到喜歡的書看。

我們說服了幾家知名童書專業出版社與小書店合作，也用誠懇長信邀請知名專家學者，來小書店與大家分享閱讀。當然有些能洽談合作成功，有些被拒絕，也會感到挫折。然而看到孩子們專注看書的神情，經營挫折感會全部消失。

一個小男生在騎樓哭得好傷心，爺爺奶奶頻頻安撫無效。夏琳拿了一本湯瑪士小火車給小朋友，「來看小火車好嗎？」，小男生止住哭泣，乖乖坐在小椅子上安靜翻閱。爺爺奶奶也順勢在店內走了一圈，最後奶奶教導小男生和夏琳阿姨說謝謝。這一幕，很感動。這裡有一間溫馨小書店、有和善的店員阿姨，有可以讓小朋友馬上不哭的法寶——書。

另一天，一位媽媽帶著心情低落的小女兒逛書店，小女兒逛完心情好多了，果然血拚買書是好主意！她說今天是兩年育嬰假最後一天，明天要上班了，會努力工作賺錢再來小書店買好書！

還有一天，書店打烊前一位爸爸帶著超有氣質小六男孩來店挑書，爸爸說小孩子喜歡看書，雖然沒有給零用錢，但只要是他想看的書，多少本他都願意買。好感動！超熱心推薦好些本適合小男生看的書，只見他的眼神一直隨著夏琳拿上拿下的書閃閃發亮著，為了幫爸爸省錢一直猶豫到底要選哪幾本，好貼心。

而另一位常客爸爸某日首次帶國中女兒來小書店，爸爸笑著說女兒很想進來，可是又不敢，只好帶她來。爸爸繼續回去工作，女兒安靜於一隅讀著夏琳介紹的適合她這年齡的幾本書。原本以為她待一會兒喝完飲料後，大概就會跑去找爸爸，但是出乎意料地，她安靜地閱讀著，有時別的人客進來，也會默默聽著夏琳和人客介紹新書或話家常。

接近打烊時間，爸爸下班了，納悶女兒竟然可以待這麼久。她挑了幾本書央求爸爸買，其中一本是三島由紀夫的《新戀愛講座》。我笑著說，哎，女兒真長大了，會看三島由紀夫的著作了啊！爸爸說，哎，三島由紀夫是誰啊？不管啦，多買幾本看看作文成績能不能進步。

夏琳趕緊回應，不要那麼功利嘛，看書是好事，有位常客曾說，她爸爸常常說，什麼錢都可以省，就是書錢不能省呢！

爸爸微笑看著女兒，頗有吾家有女初長成的感悟，也算是認同了吧？

小孩子想看書，請盡量滿足他的欲望，經濟狀況如果不允許也可以常去圖書館，父母願意讀書，小朋友一定也會一起讀，閱讀習慣儘早養成比較好。夏琳小時候家裡雖然開書店，但整間屋子全部是英文書賣給外國人，雖是如此父母還是進了兩大排中文書，擺張小椅子讓我坐在書架前看書。長大後，才知父母用心良苦。

小書店人客留言

俊吉小朋友——

因為有地球儀，又有焦糖牛奶而且很好喝，還有很多書，還有氣泡水機器，很酷喔！夏莎阿姨會陪我聊天，還會做焦糖牛奶，而且不會像我媽媽那麼兇！

05／搞笑醫生：「妳ㄟ才情不在這啦！」

搞笑醫生第一次上門時，老板娘對他並沒有什麼印象，他報名參加了一場講座，躲在人群之間，一點也不起眼。第二次上門時他端坐在櫃檯前，和老板娘熟絡地聊起台灣文史與典故，其他人要是見了，鐵定會說他們是已經認識許多年的好友。「奇怪，我們不是今天才認識嗎？」老板娘覺得好奇怪。

之所以稱他「搞笑醫生」，是他一口親切南部口音，隨和風趣，完全沒有醫師刻版印象不苟言笑的樣子。自從老板娘開始叫他「搞笑醫生」，荒野夢二書店店主銀色快手、晴耕雨讀小書院女主人毓穗也跟著夏琳這麼稱呼他。「黃醫師，你這般才情，當醫生會不會太浪費了？當業務保證年收上億吧！」

「不不不，我是以解救天下蒼生為己任……錢夠用就好，做人比賺錢更重要。」

搞笑醫生喜歡工作結束後或上工之前，到小書店櫃檯前坐上一陣子，開講、看看書、逛逛書架，喝杯飲料才離開。他不但幽默風趣，對於台灣文史與耆老典故瞭若指掌，隨口一位台灣文壇前輩就是一大串故事，就連先生娘都是出席台灣文學場合追來的氣質美女，更是一位南崁歷史學者。

只要有空，醫生一定跑小書店喝茶買書聊天，他最常說的一句話：「我真的很怕小書店倒閉耶！」於是宣稱每個月一定要貢獻十分之一營業額。他甚至親筆直書一封信，寄給某位有交情的出版社社長，請他直接和小書店往來，讓小書店能少一層經銷商往來，多賺一點利潤。

這就是博覽群書、通曉台灣文史，卻又不忘用行動支持一間小書店的搞笑醫生。

有一陣子搞笑醫生沒來，就在其他常客都覺得奇怪的時候，一陣熟悉腳步聲傳來，他疲憊地說：「流感及諾羅病毒肆虐，真是累癱了！」每診起碼都是七、八十個病人起跳，以五個小時晚上診來算，六點看診到十一點，一個病人分不到五分鐘，還不能吃飯上廁所休息，真是非常非常辛苦的工作啊！

不過，醫生吃了飯、喝了茶後，與一群常客開心聊天後元氣恢復不少，他非常中意小書店曾經展出的《南崁手繪散步展》作品，指著其中一件作品裡的建築物驕傲宣告：「這是我太太娘家」，大方買下珍藏。

他的妻子——也就是先生娘——也是個愛書人，正攻讀歷史研究所博士，最近辭掉正職工作，當家庭主婦，照顧兩位女兒，熱衷做拼布，玩烹飪。某天午後，夫婦倆一起來，先生娘指著烹飪書裡的照片，眼睛閃閃發亮對搞笑醫生說：「我回家做這個看看，一定很好吃。」只見一桶冷水臨頭一倒：「妳的才情不在這啦！」他的意思是先生娘做歷史研究沒問題，學貴婦做這些菜，不是這個料。他一貫詼諧口吻，讓店內兩位女性不由得笑出眼淚。

有一次，搞笑醫生端坐老位子上，有一搭沒一搭聊著天。一對年輕情侶第一次走進小書店，男生問老板娘有沒有《百年孤寂》：「有是有，但這本書是個人收藏，不賣，歡迎你翻翻看喔。」在一旁的搞笑醫生，原本在陌生人面前表現文質彬彬模樣，卻突然精神為之一振：「年輕人不錯喔，知道這本書，這真是好書！你喜歡的話，我送給你！」

「醫生，你聽錯了啦，他是問馬奎斯《百年孤寂》，不是《百年追求》啦！」

只見有氣質的搞笑醫生完全不理會老板娘指正，開始介紹起《百年追求》：「這本書在寫台灣一百年民主運動歷史，文筆簡潔流暢，真是好書，我都已經翻了二、三十遍了！」只見年輕人被搞笑醫生文采吸引住，專心聽著醫生對這部書的介紹。「夏琳，下次訂書幫我訂一套，我要送給他們！」

老板娘看著年輕人眼裡的光，回頭看看醫生，覺得這之間似乎有一種聯繫。問他為什麼要送書給陌生人，他淡淡回答：「以前有人送書給我，讓我越來越喜歡閱讀。如今換我送好書給年輕人閱讀，做為回饋，換來多一個人了解台灣歷史，不也是功德一件嗎？」

過了一陣子，小書店主辦完南崁1567小市集大成功之後，雖然很有成就感，但一股沉重疲憊感始終悶著，長時間疲勞果真不是一天兩天就可以回復的。某天，搞笑醫生又來了，他劈哩啪啦開頭就說：「夏琳啊，妳的才情就是在這裡啦！」

「啥？你講啥？」

「賣書賣再怎麼多，也比不上辦一個叫好又叫座的活動。那個市集一定要再辦啊，實在太轟動了，我聽別人說簡直可以說是全桃園規模最大的手作市集了。」搞笑醫生對於老板娘賣老命、燒熱血來舉辦活動的動員力嘖嘖稱奇。

「辦活動很累，又不年輕了，還要找預算，有錢才能再辦啦。」

「一定要再辦啦！」搞笑醫生切切叮嚀，與日劇裡醫生最後和病患說請多保重（お大事に）一樣慎重。

小書店人客留言

葉禾（搞笑醫生）——

小書店與其說是書店，不如說是倡導一種生活態度：別於衝衝衝、全力拼經濟的生活態度。除了物質之外，人還需要什麼？小書店很像是在疲憊資本主義下，人可以歸建一個屬於人本身的喘息空間。在地產交易熱絡的南崁，視為一種「格格不入」也不為過！來點杯誠意十足的咖啡吧！享受那悠閒2266的下午，的確是一種在小書店的大確幸。

06/ 想要讀情感濃烈詩的高中女生

一般平日，小書店很少能看到高中生或大學生來訪，大學都在外地，高中課業繁重，補習也多，很少能夠四處趴趴走。然而，這天來了好幾組這樣的同學，頓時覺得小書店好青春。

那是一位稚氣未脫的小女生，大概剛升上高中年紀，她以「背書，我準備好了」的架勢，口語生澀，卻嚴肅又非常緊張地問老板娘：「請問可不可以推薦詩集？現代詩或古詩都可以。」

稍稍探聽後，原來是幾位師長曾提到小書店，推薦她到小書店來找書看。她說，今年考上南崁高中，以後就可以常來了！

夏琳對於熱情於閱讀的年輕朋友最難以招架，趕緊挑了幾本很棒的詩集，告訴她，沒有買沒關係，有空就來看書無妨。「我喜歡看文字情感熱情豐富的詩，可是不要太社會。」小女生一本嚴肅又正經的說，像是要宣告自己是個大人了，可以看得懂詩了。

老板娘笑笑，「熱血詩人很多，例如擅長社會寫實的詩，文字處處熱情！妳看看這本《六四詩選》。」隨口喊了另一位也是今天第一次來小書店，畢業於武陵高中、就讀某國立大學社會系的帥氣大女生，來和這位小女生說說過來人的經驗。

「高中都這樣，我在妳這年齡也是這樣，但高中生活接觸更多東西後，我反而喜歡社會層面的探討！」帥氣大女生一邊對小女生這麼說，一邊似乎下了決心，笑著對老板娘說：「這本《六四詩選》，我掙扎好久，還是買吧，待會要去奶奶家，奶奶會給我零用錢買書。」

小女生反覆看了幾本詩集，她正考慮在有限零用錢裡，選擇一本最想要帶的書回去。老板娘忍不住又碎唸，常來看書就好，沒買沒關係。小女生最後的選擇，還是那本《六四詩選》，還有《衛生紙》詩刊。

當然，她也變成《衛生紙》詩刊忠實讀者，接近出刊日期便會到小書店提醒老板娘記得訂書。

天黑後，另兩位氣質小女生來訪，是剛考上陽明高中的女孩兒，帶著書單來找書。尋覓一陣，超開心找到兩本，其他找不到的書，夏琳告訴她去荒野夢二找找。其中一位說，雖然只需要三本書，可是她很想看余光中經典作品，夏琳讓她留下聯絡資料，答應她幫忙找。隨口又說了之前買《六四詩選》的小女生的故事。

「我沒有接觸過現在的詩耶，都是學校課本才看得到詩，不過現在社會議題如果以詩呈現，我有興趣想讀看看。」老板娘眼見有機會可以推薦詩集，從書架挑出一本《原來女孩不想嫁給阿北》，讓她翻翻讀看看。沒兩分鐘，她開口說要買這本詩集。

詩，是小書店裡最難推薦的文種，今天年輕人們來小書店買書，不約而同賣出好幾本詩集，心裡突然覺得一陣欣慰，這是獨立書店必須存在的使命吧！老板娘這麼想。

小書店人客留言

Kun Mai Chiang —

小書店不只有書的溫度，還有來自鄰里的暖和，客人與店工間的閒話家常，就像家人般的噓寒問暖，那麼平常卻又可貴，慢慢又漫漫是店內的風格與態度，是一種簡單生活的思維，更是一個任何人都渴望擁有的夢想園地。Keep going & keep in touch!

07/ 八十歲文青伯伯，祝你健康呷百二！

那年，秋老虎未至，初秋感覺特別明顯。傍晚時分，天色優雅像個氣貴少婦緩緩變裝，淡淡青藍再輕巧增添橘黃紅色彩，站在小書店門口，涼爽舒適的微風在小書店前輕拂。深深吸一口氣，好舒服啊！書店老板娘停下手邊正在整理排列的書，靜靜望著遠方公園片刻。

一位老伯伯走進了小書店，根據老板娘不算久的識人功力，這位伯伯是專程而來，不是偶然經過。她上前攀談了幾句，伯伯說前幾天看到老板娘撰文登在報紙的一篇〈小書店甘苦談〉文章，今天專程來。

他有些害羞，似乎不擅言詞，老板娘讓伯伯自己慢慢逛，她又去整理展覽區內書籍——旅行、手作、烹飪、健康和藝術書，哎，怎麼那麼亂呀！揮著汗搬來搬去，開書店果然是勞力活！

夏琳不時偷偷觀察這位伯伯，背包是某位政治人物辦學包，一定會說台語，但怎麼都和老板娘說字正腔圓的國語呢？老板娘是隻變色龍，講台語一定搬出南部腔，講國語看對方用詞決定應對的口氣。

伯伯應該七十多歲，說不定有八十，應該是一位會說日語、漢學淵博的知識份子，嗯，或許是位退休的教育工作者，他說自己的書房比小書店的書還多呢，還是常常出門買書。看了那篇文章就決定來逛逛了，問起小書店經營還好嗎？為什麼開書店的問題，老板娘把另一份報紙拿出來給伯伯看。

「這張報紙借我拿去影印好嗎？」老伯伯拿起報紙往外走。

老伯伯一共挑了十本書，還包括一本磚頭書黃仁宇回憶錄《黃河青山》，老板娘問車在哪裡，想幫忙搬去車上。伯伯說坐公車來的。這附近公車哪裡坐？

啊！提這麼重去坐公車！伯伯揮著手說沒關係，常常去台北買書，能提得動！「下次再來喝咖啡，家裡催我回家了，得先走了，我也是喝了三十幾年的咖啡呢！」

老伯伯的來訪，如同夏末初秋微風般，夏琳不由得心頭泛起淡淡笑意。

過沒多久，老伯伯又再度光臨了，一見到阿伯，夏琳便咧開嘴笑了：「阿伯，上回那本《黃河青山》家裡有多出一本嗎？」阿伯發現夏琳還記得他，也開心回應說家裡還好沒這本書。

對於老伯伯，老板娘猜測全猜對：近八十歲依然健康爽朗的年紀、桃園在地人、桃園國小畢業校友、日語流利，當然台語和國語也流利，是個飽覽群書的文人。

他一來便說了兩件事：一是希望在小書店辦一個藏書展，他光是傳記類的書就有小書店的書一半量，可展覽也可賣，基於希望能幫助到小書店發展，並不是真的要清書，這件事得從長計議；另一件事關於《夭夭》雜誌，《夭夭》是桃園在地一群熱血青年主動創刊的免費在地刊物，他以為這本雜誌是小書店出版的，經過仔細說明，伯伯對於這群桃園熱血青年感到萬分感動，想發送給親朋好友，並希望能夠贊助《夭夭》出版，這件事可真不小！老板娘立刻撥了電話給主辦單位之一的「只是光影」咖啡館，請阿伯直接和工作小組對談。

當然同時也介紹了幾本新書給阿伯，阿伯買了陳夏民的《飛踢，醜哭，白鼻毛》、也買了《書店不死》，一邊笑說只要是老板娘推薦都想買！

阿伯喝著黑咖啡，鄰桌另一位人客熱心地和阿伯聊著天，推薦阿伯去其他家獨立書店走走，還仔細寫下交通方式。阿伯再次匆匆道再見，「我得趕去『只是光影』談這件事。」這麼溫暖的老人家，好感動。

天氣冷，對年紀大的老人家來說是很大的考驗，因為夏琳自己的媽媽也沒能挺過年關，小書店裡有幾位三不五時會來的長輩常客，如果好一陣子沒出現，其實都會有一點點小擔心。

今天一位常客才和老板娘問起，那位八十歲文青阿伯近況如何？老板娘回應，好幾個月沒看到了，心裡有點擔心。不打電話問候一下嗎？骨子裡其實有點負面思考的老板娘不太敢撥這通電話，擔心聽到不好的消息，也憂心萬一他接到電話，不顧身體狀況跑來的話，對阿伯也不太好。

聊著聊著，文青阿伯竟然就出現了！

真的很開心看到阿伯身體依然硬朗，還能四處趴趴走！他和老板娘說了近況：自己衝動租了個店面想開書店，被兒子們阻止：「拜託，阿爸，你都八十歲了，還開什麼書店啊！」他也就摸摸鼻子任由兒子們去向房東退租。不只如此，到台北逛了書展，買了一萬多塊錢的書，真不知老伯伯怎麼搬回桃園的。逛完書展，還要去二二八紀念館當義工。當然，《夭夭》雜誌也談妥了，持續贊助中。

最後，伯伯表示一定會常常來，守護桃園的小書店們，也守護熱血的桃園文青們。這真是那天最開心的一件事，文青阿伯，看到你真的很高興！希望你身體健康，無災無病呷百二！

小書店人客留言

郭千韶——

1567是讓我找回對閱讀的熱情、渴望，讓我甘願吃土也要買書的桃源秘境！

08/

熱血才子陳夏民

老板娘在開這一間小書店時，嚴格說起來是沒有出版或通路相關實務經驗的，雖然一直在文化產業圈子工作，但是隔行如隔山，這一門生意是不懂的。只是先把需求二手書這件事在親友圈裡散布，要大家捐書賣書給老板娘，連絡了一家經銷商簽了約，就這樣開始了書店生涯。

那時，還不知道什麼叫獨立書店，也不知道什麼叫獨立出版。

對啊，早期開書店不就是這樣嗎？開了店就會有書被送進來賣，然後就可以維持一家生計開銷，不是這樣嗎？一腳踩入坑之後才發現，啊！的確不是那樣，而且嚴峻的狀況比想像、評估時更為淒慘。

二手書，其實只要勤跑收書，收個幾百本總是會有一些是還不錯的，只是要花多一點勞力跑腿、整理；新出版的書，卻不是找到出版社或經銷商就有書可以賣的。一般來說，書先送到經銷商，如果大通路銷售反應不錯，就得一直進貨。所以通常第一個月大熱門書，經銷商是幾乎沒有庫存的。大通路要進書一定要先滿足，因為大通路賣得快。小通路如小型書店，一個月可能賣不了幾本書，經銷商進五本，還要擔心小店賣不出去，到時退書增加運輸成本；如果是與出版社直往，出版社也會擔心會不會全部退書，還彌補不了運費及人力行政成本，如果小型書店在偏遠地區，成本加倍更麻煩。

漸漸地，小通路無力每個月負擔買斷那麼多新書，只能減少書籍進貨成本；另一方面出版通路也省了眾多小通路零碎需求，專心顧好大通路就好。

到了最近這一代新型書店，開了店沒有書賣，或經銷商不願意供應書、出版社不願意直接往來，是常有的事。一切都得依商業成本考量，若沒有利潤，經銷商當然不配合。而出版社多數是小型公司甚至微型規模，有了經銷商協助，就可以專心做出版的事，如果有十家、一百家要直接往來，而且金額都很低，花這些行政作業就是一至二個人的人力成本，無論如何也無法負擔這成本。

就算願意往來，要求買斷不退或基本一定的量都是常態。某同業曾感嘆明明邀請了作家來講座推新書，談進書時某大出版社竟然只願意給七五折供書，現在網路書店都已經二本七五折、一本六六折了，對於弱勢小型書店竟是如此對待，很寒心。最後作家看不下去，協助以作家價六五折幫忙進書。才解決這個問題。這種事經常發生，挺無奈的。夏琳開店兩年總算比較認命。開書店一點也不浪漫，現實超殘酷的，也不是開了店就有書賣，就算有書賣，又如何能和大集團競爭呢？

其實出版社也滿腹苦水，嚴峻的一面並不少於實體書店，書籍應有的利潤一直被剝奪，成本必須撙節再撙節，如果大通路不那麼商業取向求業績，不任意隨意打折，不逼迫出版社吃下折扣，出版環境會不會好一點呢？

大通路的新書一上架都賣七五折了，甚至滿千再八八折，到手的折扣恐怕也是四折、五折吧，出版社能忍痛給這麼低的折扣，給小型書店卻高出三至四成，小型書店也只要六到六五折就謝天謝地了啊！

台灣出版環境的奇特現象，等小書店運作了一兩年後才漸漸發現。

而陳夏民，這位桃園在地的出版人，經常提供必要的協助，經常當聽眾，聆聽老板娘對這業界的牢騷。

「我真不明白，為什麼某出版社新書明明是在消費書店議題，我們竟然過了一個月還拿不到書！我還聽一家書店說，某出版社只願意七五折買斷，這家書店都主動自行邀請作家舉辦新書發表會了，也算是幫助推書曝光啊！」

「我真不明白，為什麼請那家經銷業務員喝了咖啡，千拜託萬拜託，請他趕快進書給我賣，但他還是沒有書啊，都已經出版一個月了！」

開書店，總有許多買書人不知道的苦水與心酸，不是開了書店就有書可以賣，就算有書可以賣，背後的庫存壓力也是萬般沉重。偶爾會在臉書上嘆幾聲氣，但負面心情一定要自己收拾好，用正向思考積極解決的方式，才是小書店應該要走的路。這是老板娘從陳夏民那邊學習到的態度。

這位一手創立逗點文創結社的社長，身兼總編輯，幾乎一手包辦出版各種大小事務，原本是自己一個員工，近年才又多冒出一個。他非常明白出版與通路之間的無奈，也總是安靜聽著夏琳講這些台灣出版界目前似乎無解的生態關係，並適時分享一些業界規則。

逗點至今已出版了五十本書，記得第一次邀請陳夏民到小書店分享文學時，主題是《綠野仙蹤》，這本書在小書店歷年來的銷售排行前五名內。講座中有位爸爸聽了逗點未來的出版計劃時，認為這麼大的計劃不太能獲利，但陳夏民只是笑笑地說，「台灣總是要有人去做，在世界的舞台不能缺席，我們會想辦法賺錢」。那天的講座，逗點書籍銷售亮眼，九十分鐘的講座分享，銷售超過四十本書。

「總是要有人去做」的心情，也反應在桃園《夭夭》藝文誌上，這份雜誌，以陳夏民為首，結合幾位桃園在地文化人士一起催生出來的刊物，第一年完全是自費編印並讓讀者免費索取，閱讀者可以主動贊助，到第六期開始才爭取了在地政府補助。每季設定一個主題，例如：「獨立書店冒出頭來了！」、「桃園在地有機農業」等，以在地人角度、在地青年的眼光看桃園這塊土地，及這塊土地上值得關注的人事物。做如此吃力耗財的事，若沒有對故鄉的愛、沒有熱情，無法支撐。

對於逗點，夏琳有一些莫名的相依為命心情：同樣以賣書為生、同樣位於桃園、同樣是一個人在支撐、同樣在傳達一份理念，也同樣有眾多熱血朋友支持。獨立出版和獨立書店，一個上游、一個下游，以書會友，以書傳遞理想、理念與文化，賺錢不是惟一考量，理念至上，獲利要有，但不是惟一目的，只要能生存下去就足夠。

每當看到陳夏民帶著小綠安全帽，騎著小摩托車，最近還加戴了一副眼鏡，親自送書到小書店，或是明明累得要命，卻二十四小時無時無刻都在思考出版的事情，也提醒著夏琳老板娘「也要努力撐下去！」這就是一種互相依靠、互相取暖、互相加油打氣的心情吧。

小書店人客留言

林麗如——

一家巷弄裡的小書店，老闆娘的一個理念，只為讓愛看書的人變的更多，讓書香氣息飄散在社區角落裡，讓小書店還有大型書局沒有的……人情味。

09/ 誰快把她娶回家！善良溫柔的知青美女

更深入認識阿儒也是個偶然，那天她帶著留學莫斯科的學弟到小書店喝飲料聊天。學弟專程到桃園來看學姐，學姐當然就帶他到這間桃園小有名氣的獨立書店一探究竟。兩人找書的目光，一直在經典文學上，特別是俄國文豪的作品。

「比較喜歡俄國文學嗎？要不要看看獨立出版——『櫻桃園文化』的書，這出版社專門翻譯出版俄國文學，總編輯翻譯了許多俄國文學名著，那本《俄羅斯私風景》也是櫻桃園出版的書，是

台大外文系老師在俄留學時所寫的散文。」老板娘笑著向他們搭話。

「啊啊，謝謝老板娘，我正在找櫻桃園的書呢，事實上，總編輯丘光是和我們同一間學校畢業的學長，這次帶學弟來找學長的書，能找到真是太好了！」笑起來瞇瞇眼，非常親切隨和的阿儒說。

「原來兩位都是從俄羅斯留學回來的啊！」老板娘肅然起敬，自己曾在美國、中國待過不算短的時間，沒一年就想回台灣，對於能夠長時間在外國忍受思鄉心情的遊子，由衷感到佩服。

之後，阿儒就常常來小書店報到，特別支持獨立出版的書籍，公司所在地位於南崁，偶爾也會抽空白天遛班到小書店待半小時，外帶幾杯飲料給同事，更多時候是下班後到小書店買書，和老板娘小聊兩句。

有一天，阿儒發訊息問說有沒有《哈利波特》全七集二手書，也希望老板娘能推薦一些適合六到十五歲看的書籍，她想要送到偏鄉給沒有圖書資源的孩子們看。這類訂書曾有過幾次，小書店非常樂意支援，老板娘也會再多挑些適合書籍，響應這類好事情加碼加送，運費也都全由小書店負擔。

「太好了，那就這麼辦。」

「對了，為什麼突然想要送書到偏鄉呢？」老板娘問。

她有些小小害羞告訴老板娘，「前幾年，身體非常非常不好，後來漸漸康復，後來過生日時，自己給自己一個約定，每年生日一定要特別做一件好事，今年要做的事就是向小書店買書送給偏鄉的小朋友。」

寫此稿的此時，正巧又是阿儒生日月份，生日快樂，善良的阿儒。一個小小舉動不但感動其他人，而且還會擴散。小書店有兩個慈善活動就是受到阿儒的精神感召所發起的。

其中一個已經成為小書店例行義賣。去年的滿一週年紀念活動「勇闖第二年——新春週年慶」，一開始只想準備可愛小紅包袋，開店時讓大家抽個開心，應景就好，然而想起阿儒曾對老板娘說過的生日期許，於是清出一些暢銷書，擺一桌到騎樓，小書店一週年也要做件好事，不如就把騎樓上這一桌書在活動期間內賣出，收入所得全部捐給桃園在地弱勢團體吧！一方面，書能被喜歡的人帶回，順便做好事；再者，小書店能快速出清書籍增加流動、弱勢團體能實際收到金錢，添購目前真正需要的物資，一舉好幾得，就這麼定了！「勇闖第二年——新春週年慶」就在老板娘一時興起下決定做了，結果大受好評，義賣金額達八仟元至壹萬元之間，變成常態義賣後，每個月至少也都還有三仟元至五仟元捐贈金額。

有關阿儒的另一個故事發生在某個夏末夜晚，二十世代、三十世代、四十世代的三個女生，在小書店裡共度了一段美好的交心時光。

將近八點鐘，小書店差不多要打烊了，一位可愛的女孩子騎著腳踏車大喊：「老板娘老板娘，我一直迷路，終於找到小書店了，等等我！」這位可愛的女生前些日子在小書店裡接到培訓機師錄取的電話，開心得不得了，大喊：「我考上了！」店裡人客們紛紛鼓掌為她喝采。那天，她拿出公司識別證說：「今天我來公司報到了，特地拿來給老板娘看喔！」

而阿儒也在這時間踏進小書店，「終於可以來小書店喘口氣了！工作超忙碌！公司到世界各地到處參展，我當了空中飛人三個星期！」

三人聊工作、聊八卦、還聊了自己的文學偶像呢！她們二人都非常喜歡逗點文創相關作品，三個女生同聲讚美總編輯陳夏民真是一個超有才氣的青年。阿儒手裡再補了一本《飛踢，醜哭，白鼻毛》，打算下次飛行時帶在旅途上看。正好，考上培訓機師的女孩兒手上正拿著陳夏民翻譯的《老爸的笑聲》，於是三人心照不宣笑了出來，相約下個月一定要排除萬難參加小書店辦的陳夏民《世界就是這樣結束的》文學講座。一直聊到九點多，才依依不捨離去。

工作很忙、未來壓力很大，那間小書店會在公園邊打開小小的一扇門，為人客補充滿滿的精神能量。

小書店人客留言

Meng-Ju Yu —

南崁對我來說一直就是工作的代名詞，自從發現了1567小書店，在南崁的生活就產生了巨大的質變。每每踏進小書店，不管是跟書之間的心靈交流，或是跟人之間的八卦互通有無，都讓人充滿著粉紅色泡泡般的幸福感。我～愛～小～書～店！

10/

講法文好好聽的氣質女生

小書店不輸台北溫羅汀，小小南崁也很國際化！

有一段時間，日本籍教師每週會來上課、附近美籍英語老師偶爾也會進來買英文書、阿儒俄文流利，也在淡江大學兼課教翻譯。某天，突然發現一位美女常客竟然說著一口流利好好聽的法文。

抱歉，老板娘不小心聽見她講電話。

她喜歡平日午後在小書店點杯拿鐵咖啡，安靜看書，有時翻翻設計書，有時津津有味讀著藝術書籍，偶爾電話響起，悅耳流暢的法文如同法國香頌般，伴隨優雅身形移動到門外。

老板娘感謝她為小書店帶來幾許動感迷人氣質，她安靜不多話，夏琳也就東施效顰，看看書、安靜地處理雜務，再怎麼焦燥的心情頓時也能沉靜下來。那一天，氣質美女找老板娘說話了，有些受寵若驚，原來她感興趣的是架上台灣工藝品及台灣設計商品。

就稱她為小芸吧。原來小芸一直在法國工作與生活，那陣子借住從事空姐工作的姐姐家，她正籌備要在台灣設立一間公司，將台灣工藝作品介紹到巴黎。

她想找一些台灣設計好物，介紹給法國人，也幫台灣工藝與台灣設計在法國多一些行銷通路，讓更多法國人知道台灣好物。公司已經成立，但才剛剛起步，也擔心找不到符合條件又願意合作的產品，台灣到巴黎是條萬里長路。

老板娘和小芸一直聊著這件事，要怎麼開始？如何找中意的產品，說服他們走出台灣，到法國去賣給外國人？是不是需要在巴黎有個實體小店，一來當工作室、二來有實品展示比較好。怎麼取得更多資金做這件事，更有把握？啊！對了，文化部有很多補助案很適合申請。把國外的東西引進台灣已經不稀奇，甚至趨於飽和，但是走出台灣，讓外國人知道更多台灣的美好，能做的人還是不多。

所以像光磊國際公司賣出台灣作家作品版權、法蘭瓷打入國際禮品市場、河邊生活工藝館跑遍台灣尋找各地好物集中到台北永康街，賣給國外觀光客與想要收藏的朋友，夏琳都非常佩服。

有一次小芸的法國未婚夫在情人節送來了一大盒進口玫瑰，小芸猶豫地問老板娘，這盒玫瑰可不可以轉送給小書店？

「為什麼？這是人家遠從法國稍來的心意啊，怎麼轉手就要送別人？」老板娘問。「我和他說過了，想要轉送給小書店，因為小書店這段時間陪我的時間比他還久。」小芸果然是個聰慧女子。

過幾天，法國男友也寄來兩張以英文書寫的明信片，謝謝小書店這段時間陪伴小芸，希望日後有機會能到台灣拜訪小書店。太感動！這盒紅豔豔的熱情玫瑰在情人節那天登上粉絲專頁，瞬間打破書店開張以來最多瀏覽人數！一時之間，常客們都知道有這位說著一口流利法文的氣質美女小芸在小書店坐鎮。有時遇到小芸在小書店裡，還會很開心與美女相逢。眼見小芸如此受歡迎，於是開口邀請小芸回法國之前，在小書店舉辦一場法國文化的講座，小芸當然也答應了。

講座那天，小芸穿著一襲黑色絕美簡單剪裁小洋裝，雖然只是略施薄粉，卻連老板娘都驚豔如此出眾氣質，好美的女孩兒！那天夜晚，小書店很歐洲，法國音樂、氣泡酒、香檳小餅乾，在南崁這個小小空間內流動著。

她分享了一場以《享受吧！一個人的旅行》這本書為引子的歐洲文化觀察。因為工作的關係，她在歐洲各大城市穿梭著，體驗歐洲各國各城市之間文化差異，也同時思念著台灣的美好。以在歐洲從事高科技產業國際業務工作的熱情，把台灣文創商品介紹到法國。走一百家精品店，就算只有十家、二十家有回應，也都是對台灣好設計的一種肯定，她會努力試看看。她這麼說。

遠遠地隔著來訪小書店人群之中觀望，聽著清亮悅耳的分享、舉止優雅的肢體語言，這一切竟然能在小書店發生，老板娘由衷感到幸福。之後，小芸回法國了，希望她與法國先生幸福美好，事業順利，小書店會在這裡等妳回家。

小書店人客留言

Shih pin Hsu —

1567小書店是南崁人文化交流的遊樂園，是設計文創人孵化夢想的小巨蛋，亦是新興文藝作家搖籃的推手！

11／就算費時費力不方便，也要向小書店訂書的大學老師

有天，一位老師常客問，能不能幫忙訂書，想要買五十本送給學生。那是一本登山家勵志書籍，出版集團的書無法直接往來，所屬經銷商也沒有往來。打打算盤，經銷商給的折扣大概只有百分之十五，就算訂到，如果老師願意以九折跟小書店買，五十本書大概僅有一千伍百元不到的利潤；如果以網路書店折扣價供書的話，那大概成本價等於售價。

「我們會去問這家新經銷商有沒有書。訂是可以訂，但老師您不直接去網路書店訂嗎？有優惠折扣比較便宜、又快，鍵盤按按三十秒就可以處理好，書隔天就來了。」老板娘婉轉說著。這就是小型書店被網路打得毫無招架之力的地方。慢、成本高、不方便。

「可是，我想要支持你們。」老師毫不思索地回答。這句短短回應，頓時讓人熱血沸騰！就算是服務常客，不賺錢也是要幫忙訂書的。馬上連絡經銷商，要求這兩天把書送到指定地方。

書還沒到，這位在機械系任教的老師竟已經專程送現金來了。客人的心意一定要好好慎重地收下，並由衷感謝，但是九折價與網路價其實也存在一段不小的距離。老板娘決定贈送一些小書店裡可以使用於購買二手書及飲品的佰元抵用券，讓老師有空也能帶孩子來走走，或邀請學生來家裡玩的時候到小書店喝杯茶。

過了好些日子，又是一個新學期的開始。機械系老師傳來了訊息：「夏琳，能不能幫忙推薦書，我要送給升大二的這些大男生們。」

「啊，李老師，你很久沒帶孩子來逛小書店，學校很忙喔！我待會列幾本書籍清單，讓老師挑選。」

「真的忙炸了，最近也在忙升等……，不過差不多告一段落了。」

「老師，不，不，李教授！恭喜恭喜！」突然好狗腿。半小時內，老板娘挑了幾本適合年輕人看的書，而且還要是理工科系的大男生願意看的書，寫下這些書的簡介與推薦原因，請李老師挑選。「那麼，就清單所列第一本陳夏民著的《那些乘客教我的事》，散文集每一篇都短短的，文章也都很有意思，年輕人寫的文章，我的那群孩子們應該也能看得下吧。」

「好的，謝謝老師，剛好陳夏民我也熟識，他要是知道老師選擇他的書購買五十本，一定會很開心，這樣吧，我請夏民每一本都簽名，然後再寄到學校去如何？」

「這麼好！那我待會過去小書店付款。」沒多久，機械系老師帶著孩子來小書店，他笑著說，「上回送我的券都還沒用，今天趕快來用一用。妳推薦我幾本好書吧！我想要看能放鬆，不要太嚴肅的，妳知道嘛，最近升等腦力都用光了。」於是，這位老師與他的女兒，在小書店裡度過一個悠閒午後時光，自己喝了咖啡、女兒喝了焦糖牛奶，父女倆一共挑選了十幾本書，開心回家，其中老板娘介紹的書，他更是全部買下。

是的，小書店無法快、無法便利，也不是什麼書都有、都能訂得到。還好，還有一味叫做「人情味」的東西，能稍稍彌補小型書店的不足，尤其是彌補了在現代社會快速轉動下已經消失的感覺。

小書店人客留言

Sam Lin —

是不管外面的世界有多亂，進門後，只剩下自己和書的獨處。

12／流浪狗小白與熊媽

南崁國小前，超商附近，有一隻中型犬，有人叫牠小白，也有人稱呼牠大白。只要住在這附近、每一位南崁國小的學生，無人不知這隻赫赫有名的流浪狗。

有關牠的故事眾說紛紜，有人說牠原來的主人移民到國外，不得已只好把牠送給朋友，結果小白不習慣新家的生活，就逃跑了出來，從此過著流浪的生活。由於小白的教養極佳，個性溫馴，漸漸獲得居民的喜愛，常常和牠說話，餵東西給小白吃。熊媽是其中一位熱心照顧小白的居民，曾經把小白接回家，打算長期照顧牠，但小白已經習慣自由的生活，還是跑走了，於是熊媽也不勉強牠，每星期固定會帶牠洗澡，帶點食物給小白享用。

那一天傍晚，熊媽帶著小白及親戚一家人到小書店參觀，熊媽如數家珍介紹當時正在展覽的《南崁手繪風景展》畫作給他們看，那次的畫展畫家亦馨也繪製了一幅小白的作品，所以才特別也叫小白一起來看展覽。有關小白的作品，熊媽都收藏了，真的非常喜歡小白。

為了不輸給熊媽，老板娘也很認真介紹推薦店內書籍及文化產品給第一次來訪的客人，特別是新生代作家及創作者的手作作品。

「我們小書店一直希望給桃園的創作者有個通路展示銷售的地方，這些手繪T恤是目前居住在南崁的創作者，以特殊的衣物專用顏料畫出來的，自創品牌『tá tă』。另外一邊陳列的春聯很可愛吧，那是『紅石子 Ola』，兩位都是南崁在地藝文創作者。這蝴蝶是桌上置物架，它放在桌上是飾品也可以放名片、便條紙或手機，也可以掛在牆壁上喔，變成懸掛圍巾、領帶或輕便衣物、提袋的掛勾，創作者以十二種台灣特有的蝴蝶為設計題材，很多人出國送禮都會買這個喔。這設計品牌『紙妍』和馬賽克森林筆筒是同一個設計師做的，創作地在桃園龍潭……。而桃園在地惟一獨立出版社『逗點文創結社』，那本白鼻毛啊，對對對，就是這本《飛踢，醜哭，白鼻毛：第一次開出版社就大賣騙你的》，還在二〇一二年被選為某家連鎖書店店員最想賣的一本書……。」夏琳老板娘口若懸河地介紹文創小物和主推書籍，有點擔心講太多，客人無法消化，便稍稍停了下來。

「我舅媽一直說你們小書店很棒，拉我們一定要來看看，真的是很棒很溫馨的小店呢！」

他們年輕人真的很有心，我們一定要支持！」熊媽笑著接話。

老板娘笑著感謝眾人支持，小白也搖著尾巴呼應著。

小書店人客留言

Amanda Chang—

1567小書店連結了新住民和原住民之間的記憶，也創造和收藏了彼此的回憶，謝謝您守護著這可愛的小鎮！

Yvonne Huang—

和小書店同期入住社區！開幕那天夏莎親切告訴我們要放鞭炮嘍！摀著兒子的耳朵，心裡滿是雀躍。小書店是我和兒子的補給站，溫暖的來源。

13／喜歡講故事給小朋友聽的保險業務員和她的媽媽

小彤喜歡旅行，也非常喜歡參與藝文活動，曾經在小書店報名學習有關自助旅行實務，不只如此，她甚至報名參與了「說故事給孩子聽——說故事人才培訓」的訓練課程，原因只是她喜歡孩子，和小朋友一起相處的感覺讓她覺得自在。

在說故事培訓課程實務練習中，她嘗試使用英語繪本說故事給小朋友聽，原來，小彤是英語系畢業高材生，非常喜歡看英文繪本，沉浸在自己喜歡的語言及故事裡，和小朋友一起分享，真是再開心不過了。有時，她也會安靜點一杯小朋友喜歡喝的焦糖牛奶，一邊看書，一邊工作或閱讀。

看著她，雖然已經是二十幾歲的大姑娘，但在老板娘眼裡，似乎還是個可愛的小女孩呢。

有一天，她來告訴老板娘，要轉換跑道了，想嘗試一份與以前迥然不同的工作——從擔任平靜安穩的行政工作，變成一個有業績壓力的保險業務員，這份很有挑戰性的工作，讓她的眼睛閃閃發著光，她說，「我有自信能夠為自己開創更美好的未來。」

小彤的媽媽也時常關心小書店臉書動態，在認識小彤好一陣子之後，老板娘終於看到媽媽本尊，雖然這位大姐年長夏琳幾歲，但是看起來完全就不像已經有一個可以嫁人的女兒了，她戴著帽子特別好看，倆人站在一起就像姐妹一樣。

那天，書店櫃檯上多了一個「森の時計」（森之時鐘）的手動磨豆器，那是讓點喝隱藏單品咖啡的人客可以親手磨咖啡豆用的，挑選新鮮烘培好豆，一磨成粉，還沒煮就已香味滿屋。

「森の時計」——是位於北海道富良野一家隱藏在森林裡的咖啡店名字，

是夏琳非常喜歡的一部日本經典連續劇《溫柔時光》主要場景，電視劇完成後，這間咖啡店被保留下來，繼續服務客人。

這是日本著名劇作家倉本聰的作品，二〇〇五年的電視劇，描述一位中年男子在國外工作，惟一兒子在青少年時期因為叛逆與母親爭吵，引發車禍導致妻子意外離世。爸爸在心灰意冷之下，與兒子斷絕關係，自己一個人回到妻子北海道老家，在森林裡開了一家咖啡店。兒子後來知道錯了，卻不敢向爸爸懺悔，自己也無法求得父親原諒，於是在母親友人介紹下，到富良野的鄰近村子拜師學陶藝。他認真學習，積極參加比賽取得好成績，再向父親求得諒解。故事，就在森林裡、在緩慢悠閒的時光裡，在客人的磨豆聲中展開。

當老板娘描述這段故事時，小彤媽媽眼淚就掉下來了。原來，她和夏琳一樣，也是父母早早離世，不過，現在她有一位貼心的女兒，有正向思考的態度與平靜過生活的信念，她的父母在天之靈會很欣慰的。

會在小書店裡掉眼淚的，多半是親子關係。

書店櫃檯上，有一個白色防潮箱，其實它沒有插電，沒有防潮的功能，但老板娘卻很執意要把它放在這個最明顯卻也最占空間的地方。裡面有一台相機、幾本舊書、一根奇怪的紅色繩子。客人經過總是會好奇地向裡面張望，似乎是放了什麼特殊的寶貝。

「喔，那沒什麼，就是父親的遺物，把它從老家搬到書店來一起顧店。」老板娘平靜地說。

「那台相機是要賣的嗎？」

「不是，那是我出社會後第一台工作用的相機，十六、七年前的工作需要用相機，後來相機進步到數位化，使用底片的相機漸漸被取代，我就把這台相機轉交給父親保管使用，因為他不用電腦，不喜歡用數位相機，這台相機他很喜歡。」老板娘望了一眼相機說。

「後來，我也漸漸忘記這台相機了，一直到父親過世時整理遺物，發現這台相機妥善放在防潮箱裡，與其他的家人合影的錄影帶放一起。」老板娘說這故事時，一位首度來訪的中年婦人淚水不斷滴了下來，原來她的父親才過世沒多久。

失去親人時，各種故事總是容易觸動心靈的某一條弦，感傷不已。想起夏琳媽媽剛過世時，夏琳便帶著當時仍健在的父親，到電影院看一場名為《送行者：禮儀師的樂章》的電影，改編自青木新門的回憶錄《納棺夫日記》。記得那時候兩人眼淚直冒，似乎也是一種抑鬱的宣洩吧？

老板娘以過來人的心情安慰她。是的，親人生離死別是人生最大的痛，幾個月、幾年都無法撫平，那會是很久很久的痛。但是，我們不能一直沉浸在那樣的苦，被負面情緒拖著走，或許，解決方式是以更正面的態度面對生活，老板娘於是創造了一間溫馨平靜的小書店，用書店紀念他們。

負面情緒一來要立刻果斷離開它，用任何可以轉移注意力的人事物去取代；萬一真的阻擋不住，乾脆就大哭一場，哭完後再強迫自己轉移情緒。不知道這樣的方式正不正確、科不科學，但對老板娘來說的確有用。

遞過一張衛生紙，夏琳告訴她，認真生活、積極向前，這樣才不會讓已經離開的親人放不下心，也不會讓還在世的親人擔心。

她點點頭，拭去眼淚，向老板娘說，她會努力。

小書店人客留言

張語彤——

小書店是愛、是生活的傳遞者。

14／

許赫，你怎麼什麼都會？

詩集，在一般大型連鎖書店裡，可曾看過被非常明顯地陳列出來？沒有這個印象對吧！但在獨立書店的通路裡，詩集卻是非常重要的。如果明顯陳列區裡全部擺滿外國翻譯文學、通俗小說、生活實用及理財企管書籍，書的世界會不會太狹隘了些？我們的時代明明就是百花齊放的文字世界！

所以，即便老板娘不懂詩，開店前不看詩，然而開了書店後最大的收穫之一就是為自己打開了另一扇窗——讀詩。有共鳴的詩讀來令人拍案叫絕，細細思想，閉起眼睛想像，更是餘韻無窮。

「餘韻無窮」四個字，就是許赫想對「覺得詩很陌生」的人說的。

有一天，有位讀者和夏琳聊天，他不看詩，翻閱著詩集時問，這些詩如果後面加上標點符號，不也是小散文了嗎？也是讀得通啊，那只是不加標點而已，和散文有什麼不同呢？「餘韻無窮。」老板娘馬上搬出許赫的話，現學現賣，指著其中一段詩篇請這位讀者朗讀出聲，讀畢，閉起眼睛，思考剛剛所讀到的詩句。這位讀者若有所思，恍然大悟點點頭。

是的，這就是詩的力量。

詩屬小眾，大眾通路不易有機會曝光，但許赫最新詩集《原來女孩不想嫁給阿北》竟然能夠再版二刷，表示除了被原本愛詩的朋友認同之外，也吸引了許多原來不讀詩的人購買閱讀。

起初認識許赫，是因為邀請獨立出版的角立出版社詩人群到小書店來分享詩，詩人三、四人，讀者七、八人，幾乎是一對一對談，也讓「詩」這種文體，在小小書店一隅有機會與讀者交流。

不只寫詩，許赫還會講故事、教人說故事給孩子聽，竟然還是相當資深的說故事師資的講師，從他喜感外型搭配說故事技巧，就知道他是一位很厲害的說書人。這套說故事的本領，從小朋友到大朋友似乎一一領受。

原來他是一位收入穩定的平凡上班族，原本以為一邊工作一邊寫詩，就這麼過一生，然而卻在四十歲前夕辭去工作，全力寫詩，每天都會發表新創作的詩，還在淡水開了「心波力幸福書房」，賣書也教人說故事，說給小朋友聽，也說給大人聽。

講故事給孩子聽時，他搖身一變成了喜感的塗鴉熊。

小書店在第一年向文化部申請了閱讀補助，邀請塗鴉熊規劃舉辦了「說故事給孩子聽——課程培訓課」系列課程，才知道說故事給小朋友聽並不是把故事裡的文字唸出來就夠了，眉眉角角要注意的事情真不少，包括聲音表情、繪本故事流程規劃、角色對話、如何吸引小朋友對繪本注意，讓孩子專注在聽故事這件事情上，甚至DIY做道具，把自己化為繪本其中一個角色等，才發現說故事這件事真是不簡單。

學員們陸續把塗鴉熊傳授的內容在說故事時間裡應用演練出來，賣力說故事的態度，相信不論是對自己的孩子，或是日後有興趣去其他地方擔任說故事志工，都會是最受歡迎的說書人；而愛聽故事的孩子，也會藉由聽故事這件事進入閱讀的領域，培養愛讀書的孩子這件事，真是馬虎不得，不能忽略。

是詩人、是出版社的社長、是書店經營者，也是說故事給孩子聽的師資培訓教師，他還是文創產業經營顧問及講師，全台灣走透透與人分享文化創意產業的創業與經營。

說到鬼點子，許赫也是一籮筐的多，最為人津津樂道的，就是「獨立書店選書十加一」書展。他邀請幾間獨立書店，請店主們選書，並直接向這些書店購買所推薦的書，帶回自己書店陳列銷售。妙的是，不但不打任何折扣，而且還要再加一成。例如某本書定價三百元，一般網路書店七九折二三九元，但許赫賣三三〇元。更妙的是，許多人認同他的理念，支持「推薦書也是一種知識，也是一種專業服務」，而向他購買書展選書，這個理念還多次讓他上了新聞版面。

「夏琳，妳的選書都賣得很好耶，我很會推薦吧！」阿赫為了進書，二度到訪小書店時得意地說。

「那當然，我所挑選的書，不但是自己覺得很棒，也考慮到貴店讀者的接受度，所以當然會賣得不錯囉！」

「妳是怎麼挑的？」

「『心波力』在淡水，觀光客多，淡水是一個歷史小鎮，書房所在地又是在重建老街，所以選書可以選擇和『台灣』、『在地』、『旅行』、『日式』、『建築』、『生活』等有關的關鍵字去推薦，就會遇到有共鳴的客人。」

「原來如此，不過還是我會說故事的關係比較大啦，呵呵！」阿赫憨憨地笑著。

小書店人客留言

林恩琪——

停靠站。因為工作課業而忙到無法喘息時，小書店就是我的停靠站，適合不想被打擾需要休息充電的人。

15/

騎白馬的詩人

小書店有位常客，我們稱他為詩人。

第一次對詩人有印象，是他面無表情指著送給夏莎的一本黑色封皮的書，問那是什麼書？夏琳臉上可能有三條線，心想，原來是考試來著。因為，他是這本書的作者。

第二次詩人來，老板娘開心地跟他說，有另一位常客執意要買那本書，只好賣他了。詩人面不改色，其實隱約掛著一抹微笑，隔日再度送我們一本簽名書。

第三次詩人來，他騎著一輛拉風酷炫的重型機車，轟轟烈烈地停在書店門口。仔細一看與平日印象有著大反差，如果騎白馬或坐轎子來訪，應該比較不會太過吃驚。

詩人其實有率真的一面，有一次，聊著卡爾維諾，他指著幾本書表示這些都是初版初刷，訂這種價實在便宜，其實他可能是想說小書店不懂行情亂訂價，但老板娘不以為意，笑著說隨便賣沒關係。

某日，一位帥帥男生買了絕版磚頭書《唐吉軻德》和黃仁宇先生的精采著作，老板娘請他找個位子坐，休息一下，不必急著走。他坐了下來，端著書一看入迷，天黑後，他要了一杯不加糖的可可牛奶，全部喝光後，道了謝踏出門。老板娘看著他出門，追了出去，可是竟然鼓不起勇氣開口收費。詩人在旁見狀即表示，「沒關係，厚臉皮的事我來做。」在詩人幫忙提點之後，只見那位帥哥非常不好意思地進來，拚命道歉，「對不起、對不起，我真的忘了。」付完錢後落荒逃走。老板娘在後面喊，沒關係，下來再來喔！但他還是加速逃離現場。

過幾日，詩人下班騎著白馬到小書店來，把兩個熱騰騰紅豆餅遞給老板娘，只說了趁熱吃，然後又一陣風似的飄走。外表冷酷，但內心情感豐沛的詩人，經常讓老板娘感動許久。

他經常為小書店做一些貼心的事情。例如，默默拿小書店活動藝文刊物協助發送，甚至有一次與他住同一棟社區的鄰居來報，有人竟然自掏腰包，把小書店藝文報用付費方式張貼在電梯裡，這個人一定是詩人吧。他也經常默默協助老板娘把放置騎樓外的笨重書籍搬進書店，還會幫忙打烊關門等。他總說，遠遠看著這一排店家只有小書店還微微透著燈光，便不由自主走過來了。

另一日，秋意濃，寫詩相贈。

他用廢紙背面寫詩，詩中字跡情感充沛，有種怡然自得的淡雅。他滿意地再謄寫至乾淨紙張，卻一直被老板娘嫌棄另行謄寫已失詩中情感，字跡高傲不群，滿是憤青孤獨之感，目線之上仰視，完全與詩中情感及書店風格不相襯。其實這些話只是老板娘信口胡謅，和詩人鬧著玩。

但他聽進去了，著急地再謄過三、四次，卻屢遭退稿，老板娘堅持原稿最好，勸他不必再寫，已經寫不出來了，叫他快收拾回家吃飯。詩人惱怒之下撕掉所有紙張，吞了一口乾糧，喝光壺中冷掉咖啡，囑咐不要吵他，閉氣凝神，方能一氣呵成。寫畢，老板娘笑著接受了，謝謝贈詩，若原版為九十五分，這版本有八十九分了，詩人方才鬆了口氣，滿意離去。

其實此舉不也就像舒伯特一樣，靈感一來，抓起菜單背面寫就世界名曲《小夜曲》，真切直接不經潤飾的情感，最動人。而詩人凡事認真態度，也真讓人感動。

其實詩人已經好一陣子沒有來了，不知是否已經回南部老家與母親同住，或是小書店發生了什麼事令他不悅，老板娘也無從得知。不過，詩人這號人物，在小書店發展的記憶裡，絕對是一位重要的人物。希望有機會能再看到他。

小書店人客留言

Hsin-yi Wu —

雖然只是在小公園邊的一角，南崁的一隅，但是1567就像投入湖心的鵝卵石，泛起一波波漣漪，震盪出延綿的能量。那是一種超越時間與空間的願力，溫暖而直指人心。

16／

總是掛上工具腰帶愛看書的大哥

有時會擔心，小書店燈光美氣氛佳、空間設計也經過老板娘與實踐大學教授林聖峰老師團隊共同合作，會不會只吸引中產白領階級或資深文青讀者來而已。曾聽聞其他人談論對其他書店觀感，有「看起來好有氣質，不敢進去」、「那老板怪怪的，我不敢進去」、「書店是文藝青年才去的吧，我又不是」的印象，有些擔心成為曲高和寡的假文青書店。

一直極力撇開文青書店的形象，這家小書店是社區型實體書店路線，適合一人來、也適合二至三位親朋好友一起來，全家人、父母帶著孩子一起來，逛書店、聽講座、看展覽都相當歡迎。不分職業、不管年收入多少，不管今天是否消費，都很希望能吸引很多人常逛書店。

只要發現勞工朋友登門拜訪就覺得萬分開心。某日一對剛下班還穿著公司工作制服的父母，帶著小朋友來逛書店買書；也曾有餐飲業服務的兩位年輕朋友，趁著午休中間空班，來和夏琳聊書找書看。在工廠的米灰、在傳統書店的胖胖、在旅館服務的桑桑都是小書店的常客。

勞工朋友中最有印象的，莫過於這位超帥氣的工程大哥。

那天，週六才剛開門，二位身著工程安全帽、灰藍色工作服，腰上綁了一圈鏍絲起子等工具的大哥來逛書店。應該是在附近有工作，中午休息時間過來走走。那天下午有個活動要在前方公園舉辦，那時夏琳正在生氣廠商把帳篷給送錯了，與廠商溝通協調，要求盡快完成，只是很簡單與他們小小打聲招呼，沒有太招呼兩位。

等到解決了帳篷問題，小店工告訴老板娘，他們買了南方家園出版社的《塵世樂園》及《小日子生活藝文誌》。一聽驚訝許久，連連向小店工碎唸：「人家會讀費茲傑羅，你們最近有沒有看書啊。」

於是這位大哥也變成小書店的常客了，他總是一身工作服打扮，腰帶上各式工具不缺，真是酷斃了！有天，他一進來馬上熟門熟路拿起一本經典攝影集作品《國家地理125年》，搖頭笑道：「工作太忙沒空去看展覽，但翻翻書的時間還是有的，早就想買這本了！」一旁的小弟崇拜看著，大哥乾脆爽快付了書款，繼續工作去。

後來得知，這位大哥與老板娘同年次，老板娘還多年長幾個月，而且正是附近社區大樓的機電維修人員，小書店裡的ＬＥＤ燈買不到，他也會介紹去哪一家燈具專門店探尋呢！

小書店總是有好多人文風景，就像萬花筒一樣，形形色色的人構成了小書店特有景觀。老板娘總是感謝著這些可愛的人們為小書店帶來美好風景。

小書店人客留言

雲飛揚——

很有意思的書店！讓我紮著工具進書店都覺得好愜意，瞬間勞累消失！像小孩子吃到糖果一樣高興，哈哈！

17／明亮爽朗的婷婷和她的家人

婷婷是一位可愛又溫柔的媽媽，她有兩個兒子，一位是大學生、一位是高中生，由於她與先生都是高大身材，兒子們也都長得高大魁梧，一表人材。婷婷極具親和力，頗有傻大姐之風，家庭關係必是如同朋友般相處。果不其然，遇到小書店舉辦了令她感興趣的講座，她會拉著全家人一起聽講，甚至年前計劃全家北海道旅行，也會拉著先生一起和夏琳討論，就連兒子的朋友，她也能像朋友般在臉書聊得開心。

孩子大了後，她接一些設計的案子來做，學書法、手工皂等有趣才藝，老板娘經常會收到她親手做的手工皂，有時開玩笑說書店裡液體皂沒有了，她也會趕緊做瓶來送給小書店。小書店裡不定期的藝文報，她也必來取一、兩百份，幫忙分送給常去的店家。

有一次，夏琳例行到鄰近鄉立圖書館補放小書店藝文報，赫然在刊物擺置櫃裡看到一個小巧精緻的小立牌，立牌內容是「藝文資訊，歡迎索取」，還有小書店的Logo，簡單可愛，老板娘看到這個小立牌，驚得都呆了！誰這麼貼心做了這個如此可愛的牌子？

想一想，這件貼心的事非婷婷莫屬，有次婷婷來訪，她笑著也很得意地說，對的，兇手就是她。

有一天，婷婷悄悄和夏琳說，她認識一位很棒的新生代創作者，叫做Cindy，覺得這位創作者作品和小書店風格很相近，明亮、簡單、療癒，有一種鼓勵人們積極生活的力量。夏琳觀察了一陣Cindy臉書作品，真是如此！除了畫風溫暖可愛，有時一句簡單的話語也能打中夏琳的心情。

「妳是怎麼認識Cindy的？」

「哎呀，是我大兒子的好朋友啦！」美女媽媽開心笑著。其實，是大兒子的女友。兒子交了女友，趕緊介紹給家人認識，而大家也都相處和樂，沒有什麼害羞或階級輩分的感覺。大兒子自願擔任Cindy經紀人，小書店就在他的家附近，責無旁貸。展覽清冊、展示方式、週邊銷售規劃、佈展控制及合約備忘等，都做得非常好。

佈展那天，婷婷媽媽和小兒子全來幫忙；第二次補強作品時，連爸爸都來了！兒子同學好友也是自己的好朋友，這樣的關係真是不多見，感覺真好。想起前兩天看到小店工K的媽媽，也是夏琳好友，拍了小店工K與同學在家裡商量社會活動會議照片，她安靜在旁邊看著這群熱血青年們互相合作與想法激盪，這樣的親子關係，真令人羨慕，也令人無比懷念，當然也很替他們開心。

撤展沒多久，小書店舉辦市集，婷婷大兒子也善盡藝術經紀人責任，要了一個攤位推廣Cindy的作品，當然，照例也是全家人輪流來幫忙顧攤，全力支援未來新世代插畫家。

展覽當時還是大學生的Cindy，現在已經到英國攻讀研究所，選擇自己有興趣的繪本創作研究繼續努力，老板娘萬分期待學成歸國的Cindy，還有他們的未來。

小書店人客留言

林婷婷——

那個……說說我的感想。某天晚上不知怎麼逛的，逛到小書店就直接就要開幕了，事前完全沒有這方面的消息，心裡就浮現四個最高等級的字：「就！是！了！」，雖然沒有很常去。但能讓我浮現這三字的店真的不多（跟我去書店的次數差不多）。

註：圖中小丑圖案取用自Cindy原創作品。

18/

喜歡看建築藝術書的鄰家男孩

這位高高壯壯的大男生總是在下課後到小書店來晃一圈，那時他高三，正為各種考試長期奮戰中，放學補習後就算已經過了晚餐時間，他還是會拖著疲憊身軀，來小書店喝杯甜甜的飲料，補充一下體力，翻翻想看的書，也放鬆一下每天幾乎是十幾個小時的學習。雖然有點無奈，卻也明白這是人生必經路程，十幾歲的年紀需要認真學習。

他指著一本北京故宮出版的建築專書說，下一次存夠零用錢，想買這本。這本書印刷十分精美，擺在書店沒有人翻過，其實是一位大陸建築學者送給夏琳的贈書，這位大男生對它情有獨鍾，多次一頁一頁仔細翻著，細細品嚐中國建築瑰麗神采。

老板娘對年輕學子喜歡書籍最無法招架，想了一下對他說，回家找找你已經不看的書，拿來賣小書店，還可以乘以一．三倍，折換二手書兌換券，不過，一定要取得父母同意喔！

這兩天他拿了近二十本兒童繪本及幾本書，換了一些券，開心極了，湊湊零用錢就想買下那本書。奇怪的是，老板娘阻止他了，不賣給他。

「你先冷靜一下，回去再想幾天，我會幫你保留幾天，幾天後你還是很想擁有它，再來把它帶回去。」其實這招很有效，小書店有幾位年輕的同學，有時看到喜歡的書會一時失控，老板娘會先幫他們保留，告訴他一週或二週後再來買，如果真的來了，一定賣他；但是，其實也有不少的比例是放了一個月還是沒有來取，那就是一時興頭熱，老板娘便會把這些書放回書櫃上。

他點點頭，用堅定的語氣說，他一定會來把它贖回去！事實上，他也如約定前來，取了書帶回家珍藏。

再過一陣子，大考終於考完，他如釋重負來到小書店報到，考完了，可以做自己想做的事了。老板娘問他，接下來的假期要做什麼呢？他笑著說，看書和運動吧！越來越胖了。媽媽支持兒子去打工，體驗一下賺錢的辛苦，沒多久，他就到小書店隔壁簡餐店報到了，飲食店打工悶熱又辛苦，但大男生也撐過了一個暑假。

有趣的是，生平第一次賺的錢，竟然大半都貢獻給小書店了，老板娘想起十六歲時第一份打工的薪水也是全部拿來買書了，果然愛書人會做的事都差不多。

接近公告分數的日子，大男生滿臉愁容進來小書店，一屁股坐在櫃檯前，開始說他的煩惱：「我的分數如果想上國立大學，只能去離島和南部，我想填商學方面科系，又不想離家太遠……。」

「那家人怎麼說呢？」
「媽媽叫我去金門，奶奶說不想讓孫子離太遠。」
「那你怎麼想呢？」
「如果去離家比較遠的地方，就不能常回家，而且我覺得我是個都會小孩，不能去太遠的地方。」大男生搔頭想著。
「金門的學校不錯啊，你那麼喜歡建築，從金門到大陸很近，你隨時可以過去旅行。金門也有很多閩南建築，很有味道的。」老板娘抽出一本李乾朗新書《百年古蹟滄桑：臺灣建築保存紀事》遞給大男生翻閱。「不過，一切都還是要自己決定，喜歡建築，也不一定要去那邊讀書，以後去旅行也是可以的，如果志願填企管科系，或許在都會區就讀會比較好。」
大男生仔細看著這本老板娘介紹的書，果不其然，好喜歡，決定帶這本書回去，然後跟老板娘說，會好好思考怎麼填志願。再過一陣子，大男生回報，他決定就讀新北市一間私立大學，這間學校設備也挺先進，未來就業也會有保障，他決定就讀那間了。

真開心大男生自己做好了決定，人生，繼續往前下去。

小書店人客留言

朱浩睿——

在忙碌冷漠的現代社會，有間溫馨的獨立書店選擇開在南崁。沒有都市的喧囂及華麗裝潢，而是提供了難得的清幽與寧靜。沒有商業制式化的問候，而是老闆娘一對一親切的寒暄；沒有連鎖書店的商業行銷，而是以用心分享的角度在推薦書籍。讓人忘了現實生活中壓力，同時藉由閱讀重新找回心中的桃花源。

感謝小書店陪伴我走過高三艱辛的K書歲月，這是一家收藏著我高中溫暖時光的小書店！

19／送孩子學棋藝的美女媽媽

會進這本《謝謝你來當我的寶貝》繪本書，其實也是因為書名觸動了夏琳媽媽過世的一段回憶。

那時，夏琳媽媽還清醒時，一直要交代後事，但是，怎麼聽得進去呢？只能叫媽媽不要亂想，時間還早，沒那麼快就要離開的。如果真的想說，不然就先寫在筆記本裡吧，有空再看。當然，那本筆記，夏琳一直到了母親過世後，才打開來。

「謝謝妳來當我的女兒，我的人生有妳來當女兒，真好。」記得那時奪門而出，大哭不能自抑，悔恨為什麼不對媽媽再好一點。

於是，光是看到這繪本封面和名稱，就進了好幾本，一位超級常客小好媽媽一進門，看到這本書，馬上大力推薦，與老板娘分享了幾天前她和女兒的對話。

她對女兒說：「我和爸爸一直喜歡給妳們拍照，是因為啊，以後啊，等妳們長大了，出嫁了，我和爸爸就可以常常看著妳和妹妹的照片呀。」大女兒聽了媽媽說的，遮住眼睛揉著。媽媽問眼睛怎麼了，怎麼一直揉呢？女兒回答，「沒事，突然有點癢癢的……。」

後來知道，因為女兒感性，心疼爸爸媽媽以後沒有女兒陪伴，母女倆人一起感動掉淚，小女兒看見媽媽姐姐在哭，也一起哭了。爸爸回來大驚，問發生什麼事呢？怎麼母女三人都在哭？媽媽自己也覺得好笑，覺得女兒貼心，一直親著兩個寶貝女兒，「謝謝妳們來當我的寶貝。」

聽到這段敘述，老板娘也不自覺紅了眼眶。

老板娘小時候越區就讀，從遠遠的公車站牌走回家，母親就在家門口等我放學。長大後，好不容易從工作中擠出幾天假，媽媽也會煮好大餐，在紅色大門口等待。母親臨終前說謝謝，……不，是女兒才要說感謝，謝謝母親撫養長大，體會了人世間酸甜苦辣，學習了凡事要感恩，認真生活的態度。

樹欲靜而風不止，子欲養而親不待，真的要遇上了才能深切體會。

小書店人客留言

Angela Huang —

科技日新月異，生活充滿了數字，但1567卻溫暖了大家的心靈，豐富了人生。

20/

工業區女工米灰

她總是說自己是中壢工業區裡的女工，第一眼對她的直覺，外在氣質就是七〇年代瓊瑤小說裡書香世家、溫柔婉約，但因為生活家計必須到工廠當作業員女孩的形象。

米灰是位五官細緻的美女，個性爽朗不拘小節，雖然住在中壢，休假時一定會騎車大老遠到小書店消磨一下午，喝杯飲料看本書。不只是小書店，她也是「荒野夢二」和遠在淡水的「有河Book」的常客。她總是理所當然地說，有河Book雖然很遠，但她非常支持有河的理念，雖然不常報到，但每年都願意繳年費當會員，米灰甚至會割愛，把有河贈送的限量會員禮轉送給老板娘，非常瀟灑。

小書店剛開幕時，她總是自動自發地拿著小書店出版的藝文活動報幫忙四處發送，當然也就發送到有河去。驚訝聽著米灰回報，心想糟糕，身為書店後輩的夏琳都還沒去給前輩串門子打招呼，米灰就送了文宣過去，顯然小書店禮數有些欠缺。一方面萬分感謝米灰好意，一方面也趕緊發了封信給有河店主686先生致上謝意。

米灰每次到小書店報到都是一個人來，有趣的是米灰的先生從來沒有和她一起進來，如果是兩人一起來，總是把她丟在小書店，自己揚長而去。店裡沒其他客人時，米灰會和老板娘一搭一唱聊著天，倘若老板娘在忙時，她會自己找個位子坐下來靜靜閱讀。

印象中有幾段對話非常有趣。

「老牛怎麼都不進來啊？」老牛是米灰的先生綽號。
「啊知，他不喜歡看書，進書店會頭暈。」
「那你在這裡時他去哪？」
「去台茂吹冷氣。」
「我們也有冷氣啊，嫌不夠冷喔？」
「啊知！」
「這樣我會懷疑他是不是我前任男友耶，為什麼不進來？」
「最好是啦！」

在這樣的對話結束沒幾天。米灰突然對老板娘說，
「夏琳，昨天晚上有一個大個子男生進來，喝抹茶拿鐵，妳有印象嗎？」
「有啊，印象不深，但他熟門熟路的，還在納悶呢，他是誰？」

「他就是老牛啊！他昨天偷偷跑來，回去時一臉得意和我說他確定夏琳不是他以前的女朋友。」米灰笑著說。

「妳不是四十好幾嗎？」米灰一臉吃驚樣。

「妳要說我二十八好嗎！很沒禮貌耶！」老板娘氣鼓鼓說。

「妳自己說自己年紀很大了啊！那妳很早婚喔，小孩那麼大了！」

「我四十了啦，屬牛的，沒有小孩。」

「妳四十？沒有小孩？騙人！某天我就聽到妳說妳小孩怎樣怎樣！」

「哈哈，哪有？是妳聽錯了吧？」

「咦！我先生也屬牛。」

「我真的很懷疑他是不是我前任男友，下次叫他進來啦。」

「妳不認識蘇青？妳不是藝文界的人喔，這樣我對妳很失望耶！」
「假文青啦，我什麼時候自封自己是藝文界的人了啊？」
「藝文界的人都要認識蘇青啦！」
「那我問妳，台北故宮院長是誰？」
「我哪知道啊？」
「對嘛！那我去問幾個文化人士，他們也不見得會知道故宮院長大名喔！『藝文界』很空泛的啦，而且領域不同，隔行如隔山，作出版的不見得認識表演藝術的、寫文章的不見得熟視覺藝術、跳現代舞的不見得認識從事藝文環境的。」
「喔……我要請特休聽妳講故事啦！妳幹嘛把講座排在我要上班的日子啦！」
「……啊？」

小書店人客留言

米灰——

看到夏琳及店工們為了「閱讀」這份事盡心力，很感動人。相信1567小書店在來過的人心中都綻放著溫暖的光芒。

21／挖寶阿姨與書店阿姨

有位阿姨，女兒年紀比夏琳還大，她很喜歡在十元區、三本一百區挖寶找書看，一買經常是幾十本，我們稱她為挖寶阿姨。

挖寶阿姨有天來電，問什麼時候開門，因為前幾天正午時分在騎樓等好久。夏琳趕緊說明：平日下午一點開。她仔細記下後說隔天下午就來。果真如約來了，雖然天氣晴朗，但那是一個乍暖還寒的春天，微風吹來仍有寒意，挖寶阿姨在騎樓挑書難道不會冷嗎？老板娘趕緊遞上小藍椅和一杯熱開水，請阿姨趕緊大概挑一挑，再到屋內選，不要在外面吹風。

被挑去十元區的書多半是年代較久遠、較大眾化的。偶爾為了吸引路過人客，也會特別擺放一些讓人一眼瞥見會驚喜、大呼十元超便宜的書。所以雖然放置在騎樓上，但喜歡挖寶的人客還真是不少。

挖寶阿姨在外面似乎挑書入了迷，老板娘再次向阿姨表示，店裡也挑了些十元書放櫃檯，請快進來看。她進了門喝了熱開水，這櫃檯似乎有種魔力，讓人不自覺就能打開話匣子聊起來。原來，阿姨十多年前在南崁也是經營書店的，在派出所後方，僅僅兩年就收起來了，「書店真的做不下去啊！」阿姨感嘆。

她一邊翻著書一邊說，年紀大了，閒在家裡也是無所事事，無聊也是過一天，開心學習也是一天，所以她寧可好好安排空閒時間，心情也不會那麼沉悶，學英文也學日文，雖然年紀大了眼睛不好，但還是會認真慢慢閱讀，仔細做筆記，家裡的書比小書店還多呢！

說完挖寶阿姨，再來談書店阿姨——老板娘本人，也經常被人叫阿姨。被小朋友喊作阿姨很自然，但被大朋友喊阿姨，就完全無法接受呢！這件小插曲發生在一個晴朗的午後，一個可愛的大男生走進門來，看起來像是在學學生，但似乎再年長一些。

「阿姨，這些筆記本還有沒有？」他指著手機裡小書店臉書粉絲頁中的〈地圖週邊〉問。「有啊，在後面大地圖的書架上喔。」夏琳一邊指引，一邊納悶：阿姨？

「我想問你幾歲？」夏琳阿姨笑咪咪問。

「我二十六、七了。」大男生回答。

「你二十六、七歲叫我阿姨？？」語調立馬提高八度。

「呃，我看你和我媽差不多，所以就喊阿姨……」大男生的聲音突然微弱了下去。

「令堂貴庚？」

「我媽五十五……」

「所以你覺得我有超過五十？？？」語調又急速提高兩個八度。

「呃，沒有啦，我叫錯了，要叫姐姐。」這位大男生發現他說錯話，趕緊想要挽回劣勢，但是，來不及了。老板娘耿耿於懷。

還是小朋友喊夏琳阿姨比較可愛，有些媽媽會帶孩子來逛逛書店，其中一位媽媽和夏琳說，兒子總是吵著來小書店看書，想要找夏琳阿姨、夏莎阿姨，每次只要功課寫完就一定要媽媽帶他來小書店。在小書店兒子可以一邊安靜看書挑書，媽咪也得到暫時的放鬆，喝著咖啡話家常。

另一位常客媽媽身體微恙，她先讓兒子拿幾本書來賣，順便讓兒子看看前幾天幫挑的青少年讀物喜不喜歡。小男生翻了翻書，眼睛亮了起來：「阿姨，這幾本我好喜歡，請幫我保留一下，待會媽媽會來付錢。」

這些小朋友長大後有一天或許還會記得小書店，對著他的兒女說：「小時候啊，爸爸家附近有一間小書店，裡面有不會瞪人的阿姨，爸爸都在那裡看書喔！」

一想到這些，台灣的小型書店環境再怎麼惡劣、經營再怎麼無奈無力，似乎都沒那麼重要了。有機會被記在心裡，真是無價。

小書店人客留言

曹乃云——

「小書店的存在猶如桃園南崁的燈塔，光亮無數人，而我正是那人群中被溫暖的其中一位。對南崁的認識便是從小書店開始，能遇見夏琳與小書店的每一個人是我珍貴的福氣。謝謝夏琳，南崁因為有小書店；因為有夏琳與熱愛小書店的客人才造就許多美麗的故事。」以上是想對小書店和夏琳說的話，看見要出書了真的好替夏琳開心！

22/ 害羞的高中藝文主編

書店話題近幾年很火紅，國內外書店導覽書、國外書店傳奇故事、書籍名稱與書店二字相關的書籍、雜誌或媒體報導非常多，拜這股風潮之賜，小書店經常上遍各大平面媒體與雜誌，學校裡老師要求學生以書店為議題的學期作業也不在少數。

經常會遇到學生冒失就打電話來、或直接來店裡就要訪談，這對老板娘來說造成困擾。一方面老板娘可能正在處理別的店務，或許老板娘行程表也不在身邊，加上許多人打電話來沒有自報學校名稱、姓名，甚至連來意都口語不清，無法表達清楚。

接到這類電話或甚至直接就來訪，老板娘會耐心請對方以電子郵件方式來信，告知來意。回信時，老板娘會附上幾篇較為專業的書店採訪文章，或請對方先尋找資料、閱讀相關文章，並搜尋網路上已經有的相關文章，閱讀完畢，再提出訪談大綱，網路已經找得到的答案，勿再重複詢問，如果能做到這個程度，就能進入約訪時間，大家也能談得深入愉快。

老板娘認為，既然是作業，理應要好好事前先做功課，對某件採訪事件先有基礎理解再訪談，才能互動出更有深度的內容，寫出最好的採訪文章。

如果是專業人士來訪，對方只要開口三分鐘，老板娘便能得知是否有備而來，如果沒有準備就來，不但輕忽自己的專業，也寫不出與其他人不同的採訪角度，這時候老板娘就會很快把訪談結束。

武陵高中文藝社的同學，很認真地完成了這些程序，學姐帶著學妹依約前來，為壯聲勢來了五、六人，看得出來高中生的確緊張，大家正經八百端坐，動也不動，問問題時，就只照著稿子唸，似乎是錄音機放出來的僵硬聲音。

老板娘笑了，「妳們是刊物主要幹部吧？」

「對，這位是主編，現在高一。」一位看似學姐的前輩主動回應。

「主編同學，看起來好害羞，放輕鬆，不要緊張。」

老板娘想著，莫非之前的交流太過正式，把同學們驚嚇住了。只見白白淨淨的主編，外表嬌小，看起來屬內向沉默個性，能被推舉為主編，想必有些過人文字才華。

「我們先撇開書店相關話題，因為老板娘在媒體界也待過許多年，有些採訪的技巧，想要和大家分享好嗎？」

「首先，放輕鬆，請大家深呼吸。」老板娘清清喉嚨，忍不住想對這些孩子們談談有關訪談細節。這些孩子也不過就十五、六歲，不懂這些是很自然的。

「接下來，訪談時請盡可能與受訪者眼神交會，表示專心聆聽，沒有帶錄音筆沒關係，但請每個人隨手至少要有一張紙一支筆，隨手抓一張紙其實已經算是失禮，最好用常用的筆記本，把重點關鍵字記下來，也顯示自己認真聽受訪者言論，摘錄重點。」

「不要像背書那樣照著清單問，既是訪談，就要有互動，互動的方式，最簡單的，就是講者稍微停頓時，看著對方的眼睛點點頭，臉部表情若能呈現『原來如此』的表情更好；專心聽講，在講者停頓更久例如喝水時，丟一個簡短句子的問題或一小句附和的話，例如：『啊，是這樣啊！』、『為什麼會這麼規劃呢？』等等，一定要與對方有對話往來，才會越聊越投機，對方才會拋出更多的內容給妳。」

「大家都有背過『打掃』、『應對』、『進退』，這幾個字，對吧？『應對』，也是很重要的學習。」只見孩子們紛紛拿出紙筆，僵硬的表情也稍稍緩和了下來。

「那麼，主編同學，我們再回到問題上吧。」

非常青澀害羞的主編同學稍稍改變了訪談語氣，也做到了訪談的那些提醒，果然大家都非常聰慧過人。

過好一陣子，主編同學考完試，帶著父母來訪小書店，一如印象中害羞地送給老板娘一本她們精心編採撰寫的刊物，高中程度能有如此文筆，也是後生可畏了。

一家人在小書店裡逛了一陣子後，吃完晚餐再度回到小書店繼續逛，記得那天天氣非常炎熱，也沒有開放冷氣空調，但一家人仍非常專心尋覓喜歡的書，如同小書店愛好者一樣，度過了一段美好的閱讀時光。

小書店人客留言

Athena Tung —

小書店是文青生活的真正實踐。

23/ 老家在將軍的阿伯

這位阿伯，第一次來時悄悄走進小書店，在《看。瞰。崁——南崁街景散步手繪展》作品區前欣賞許久。夏琳忙著招呼即將進行座談的朋友，讓他們找座位入坐，同時手也沒停著製作飲品。但這位阿伯吸引了老板娘的注意，於是刻意有一搭沒一搭和阿伯聊著。

「阿伯，是不是第一次來呀？」

「是呀，特地來看展覽。在圖書館看到你們的藝文活動報，就順路過來了，這個畫得真好，真好！」，「那個畫家本人，就是那位喔！」伸手一指在講座旁準備開講的亦馨，「阿伯有空的話也可以一起聽喔，免錢的喔！」趁著注入綿密奶泡空檔，趕快又對阿伯補了幾句。其實不擅長製作飲品的老板娘，在處理鮮奶泡的過程之中，都要非常專心，一不留神，說話分心了，它的形狀就會跑掉變醜，小書店不是咖啡店，可以不拉花，但至少要是一個不難看的形狀才行。

「喔，好，多謝。」阿伯害羞，沒有入座，看完展覽逛起書架來了。「這本台南書很不錯內，我老家在台南。」阿伯捧著《台南風格私旅：老城市時光行腳》，專注翻閱著。

老板娘很想與這位初訪的阿伯講講話，他會去圖書館，表示他是住在南崁；他對展覽有興趣，表示作品已引起他的共鳴，想必有些故事可聽。但是，飲料欠了好幾杯還沒做，又不能分心，只好加快手中速度。

「阿伯，你是台南哪裡人？我大學唸成大的喔！」

「我是將軍那邊的。」

和阿伯的對話全是台語，南部腔、尤其是來自台南老人家的台語，用詞精準、字正腔圓，我雖然是南部小孩，但遇上這類型的台語，就會變得支支吾吾，中間還要夾雜幾個一時想不起來怎麼說的詞。

好不容易飲料全部端上桌，阿伯卻趁人多離開了，真是失望。還好，過沒多久，阿伯回來了。

「我要買這本。」阿伯指著台南書說。「我搬來南崁時，你們都還沒出生啊，我年輕時就離開家鄉，現在翻到這本書，看到照片感覺真好，下次回老家一定要帶這本書回去走走。」

「阿伯，你住南崁幾年了？我年紀也不小了喔！」夏琳笑著說。

「我民國五十八年來的。」

「這麼早！」

「這條街就是後街仔嘛！」阿伯看著藝文報那張《南崁後街的早晨》說著。

「對啊，這條街，古早時候馬偕有在這一帶傳教喔。」於是夏琳把這條街的故事稍微講了一下。阿伯嚇了一跳，連說住在這裡這麼久都不知道。

阿伯把注意力又拉回台南書，和夏琳討論起書中的照片了，「這間『林百貨』就是我們那個時代最高的樓房了……這間銀行那個時候真的很氣派……，那個台灣文學館聽人家說很不錯，以前是……」，阿伯高興極了，滔滔不絕說著。老板娘也曾在台南住過幾年，也不算陌生，兩個人就這麼聊起台南來。

隔幾天，這位阿伯再度光臨。

「我女兒說，『阿爸你被寫進去了喔！』老板娘妳寫了什麼啊？」阿伯好奇問道。「就那天我們的對話啊！沒什麼啦，不過大家似乎看得很開心喔！」

「我也要看！」阿伯好奇要求老板娘把文章翻出來。「原來妳寫了『將軍』二字，難怪我女兒會發現。」阿伯仔細讀完文章說。

「原來您女兒也有在看小書店的貼文喔！」，「有啊！她可是每篇都看呢！」阿伯從此變成小書店常客，帶本書喝杯咖啡，話話家常，有時在路上遇見也會大力揮手，主動向沒戴眼鏡、看人都模模糊糊的老板娘打招呼。

去年春節，小書店沒有放假，一樣開門迎客，為應年節氣氛，準備了一些小紅包，讓上門的客人抽紅包，討個好采頭。將軍阿伯一進門，伸手從口袋中拿了一個紅包，交給夏琳。

「阿伯，你要送我紅包？」老板娘又驚又喜。

「對啊，新年快樂，恭喜發財！」

悄悄一探紅包，竟然包了一千二百元，阿伯太慷慨了！連忙從書架上挑選幾本將軍阿伯一定會有興趣的書，送給阿伯。「阿伯這幾本你一定會喜歡，帶回家看吧！你不帶回去，我就不能收紅包！」阿伯只好苦笑地收下夏琳推薦的書，深恐夏琳反悔又不收紅包，於是一溜煙跑掉。

隔日，阿伯跑來，又給了好幾百塊錢。「妳昨天給我的書都很不錯耶，但是算一算也好幾百塊，這個不能妳送啦，紅包是紅包、書錢是書錢。」阿伯很堅持要夏琳收下。

阿伯，你也太客氣了啦，老板娘長大後，就很少有機會拿到紅包了呢！真的非常謝謝你！

Jiun-Yi Li ——

逛書店如同欣賞風景，小書店是南崁最美的風景。

24/ 愛讀書愛運動的帥氣導演 Kurt

起初，老板娘並不知道他是一位華人圈知名的導演，在廣告圈尤其有名。他總是一身慢跑運動服裝扮，戴著耳機，大汗淋漓，在南崁大街小巷慢跑，經過小書店就會稍稍中場休息，在書店裡緩一口氣，帶幾本中意的書回家。

他外表瀟洒，明亮爽朗，自然而然散發才子氣質，與書店外公園亮麗綠意形成一股時尚感。不做運動裝扮時，一條長圍巾、一頂圓帽，從帥氣自用車內走進書店時，老板娘有時會突然出現「我現在在代官山蔦屋書店」的時空錯置感。

有一次夏莎家裡有事，不得不離開小書店幾分鐘，這時導演剛好進書店，一口答應幫忙顧店，讓夏莎趕緊回家處理。型男帥哥顧書店的照片，

令許多人驚豔不已，紛紛大呼實在太帥！該不是請藝人來站台宣傳了吧？根本就是木村拓哉啊！

記得他第一天到訪小書店時，帶著姪女到書店走走，姪女規定舅舅只能逛五分鐘書店，夏琳趕緊找了一本書，拉開椅子請小女生就坐，不知不覺之中就延長十來分鐘。

「我天天看你們ＦＢ！」帥哥說。

「真的厚，考考你，剛剛寫什麼？」老板娘壞心眼笑著。

「啊？我剛剛在開車啦！」

於是，這樣拉近了距離。

「我每次來，你們生意好像都不錯耶！」

「那是你運氣好，看到人好像比較多的樣子，猜猜看，昨天賣了幾本書？」

「幾本？」「昨天只賣掉一本特價書十元。」

「啊！」「我每次都會來買書，你們這樣的書店一定要支持！」

「感謝！請一定常來！」

惺惺相惜也發生在導演和陳夏民之間，他非常欣賞陳夏民的才華，也經常在小書店裡買逗點出版的書籍。一天，他一邊大讚逗點出版的《世界就是這樣結束的》實在好看，多買了幾本要送給朋友之外，也挑了《原來女孩不想嫁給阿北》、老板娘大推薦的山崎豐子作品《花紋》。

剛好當時並沒有其他客人在場，喜歡當書店店員的導演自告奮勇，想幫忙結帳，登記自己買的書。繼上次幫夏莎顧店五分鐘，得到書店界木村拓哉店員稱號後，再度擔任五分鐘書店店員，只見他仔細拿出鋼筆，以工整端麗字跡書寫，那股專注沉穩，帥度照舊破表。

去年，導演一口氣寫了兩本書，一本有關歐洲的旅行文學，一本有關廣告本業，小書店很榮幸能邀請導演分享新書，一樣人氣爆滿！

前些天在巷口遇到慢跑等紅燈的Kurt，夏琳過去拍了他肩膀一下，笑著請他下次路過小書店不要忘了進來走走，Kurt說好，我倆微笑說再見。回家時，突然想起，啊！忘了和導演說，他幫新當選的台北市長拍的競選廣告，真是太棒太令人感動了！

小書店人客留言

蔡怡欣——

雖然沒有去過小書店，可是透過活動有收到小書店的明信片，也會持續瀏覽小書店的臉書，看看書寶寶的介紹、客人故事的分享、小書店活動的分享、夏琳的走走看看等等，會有種我也是生活在小書店的一份子的錯覺呢～（笑）

25/ 捎來一張溫馨小紙卡的女孩兒

放學時間，小書店一位常客位國中小女生來訪。

她總是挑了幾本書，要求幫忙保留，過幾天有錢再過來買，常常累積了不少本。這一天，她遲疑著這些書一千塊錢夠不夠，算了一下不到九百元，她開心說回家拿錢就來買，又擔心書太多搬不動，於是夏琳阿姨從中先拿了幾本給她：「這幾本先帶回家，其他的書有空再過來搬就好。」

過沒一會，小女生跑回來了，又逛了書店一圈，不斷地在書堆中取捨猶豫著，最後她拿出一個紅包袋，抽出摺成四摺的千元鈔票，再次計算是一二二五元，她指著其中一本英文書說：「這本好像不是十塊書」，心裡也盤算著是不是把打完折二二五元的《綠野仙蹤》放回去。

只見夏琳阿姨又失控地說，「沒關係英文書就算十塊錢，所有的書都拿回去吧，還欠二二五元就下次有零用錢時再來付就好。」這樣失控的狀況挺常見，但能有孩子願意接近書，少賺幾百塊不是很值得嗎？

小女生上了高中，選擇看的書漸漸脫離青少年讀物，她非常喜歡挑選三本一百元的藝術類、設計類雜誌，原來，以後想要讀藝術設計相關的科系。

書店舉辦市集那天，小女生跑來送給夏琳一張紙卡，因為當時相當忙碌，道了謝就隨手放進口袋。過幾天整理東西翻了出來，仔細一瞧，好感動。「……經過公園的第一件事就是看1567有沒有開，……希望第十年、第二十年、第三十年都可以看到安靜美麗的空間存在在公園旁。」

小書店人客留言

蘇菲陳——

小書店是心靈的避風港：一杯咖啡，一本書，以及空氣中傳來《溫柔時光》的悠悠樂音，心就這麼被好好安撫了……

26/ 再見，小書店。我會再來的！

有位就讀桃園在地大學年輕朋友二度來訪，還帶了同學一起來。老板娘記性很差，但是卻一直記得他。

上次第一次來，可可牛奶還沒有練習成功，似乎送上了一杯苦澀可可，他面有難色，卻沒把難喝兩字說出口。老板娘堅持換一杯比較拿手的抹茶拿鐵給他，小書店裡熱飲杯容量不小，他一口氣把第二杯飲料喝完，笑說早知道直接點這個就好。心裡留下一個印象：這是個善解人意的孩子。

這回，兩位同學坐了大約半小時要離開了，他們還要趕場到其他地方去，想拍一張老板娘的照片留念，但老板娘就連媒體採訪、記錄片攝影都堅持不能拍正面，小男生們要拍也當然婉拒。

「老板娘，其實今天是我最後一次來了，所以我們等一下還要去別的地方做最後巡禮。」其中一位說。

啊！為什麼？夏琳心想，莫非今天的冰藍莓果粒茶也不合他胃口，是不是要再換另一杯拿手的冰香柚果茶給他。「我今年畢業了，過兩天要離開桃園回台南了，兵單來了。」

原來是這樣，老板娘心悵悵然，連忙拉了兩位小男生到門口小書店招牌一起合照，還擺了很可愛的樹叉手。希望小男生從軍平安順利，日後回桃園再來小書店走走，如果小書店沒倒的話。

另外也有一位已在美國定居的老南崁在地人，某日也來道別。他是一位大學教授，在美國東岸教書。老師說他一向是小書店臉書的忠實讀者，專長雖然是企管方面，但也非常喜歡人文歷史，曾經多次與夏琳和《南崁文化地圖》繪者，在臉書討論馬偕從淡水到南崁的行經路線。

他遞上名片，仔細寫下美國家裡的地址和電話。告訴夏琳，一定要努力支持下去，明年過年回來時，他會再來的，相信那個時候，小書店會更茁壯、更美麗。

小書店人客留言

Chris Wang —

妹妹家住書店附近，剛開店時經過就覺得特別，一直很喜歡書店的感覺，尤其是二手書店，印象中小小的時候，媽媽的朋友在公館那開的二手書店，書永遠堆的比我還高。坐在那的午后，時間總是一下就過去了，二手書店裡收藏了好多人的故事……。遇見一間咖啡香的二手書店，喚醒多年前的回憶。

27/ 中年帥大叔銀色快手

夏琳過去雖然十多年都在文化界打滾，認識的人不乏重量級文化人士，但總是局限在工作這個框架內，例如拜訪、寫稿、邀請、合作之類的往來。說起要和作家們有進一步的交情，全都是開了書店之後才有的事。

作家，就是寫作的專家，把想要說的故事經過腦袋思考重組，再寫出來，基本上，作家們的共同特點就是情感特別細膩，容易對於接觸到的各種人事物有敏銳反應，然後運用文字呈現而出。

銀色快手外表也是憨厚一型，大家都叫他銀快，文字相當有渲染力，行雲流水，字字珠璣，不拖泥帶水。認識他時，他喬裝成一般客人，進來小書店點了杯飲料，買了幾本書，就坐在一邊安靜閱讀，那時，他還沒有開「荒野夢二」書店，孤陋寡聞的老板娘也不知道他曾經在台師大附近開了非常風光的「布拉格書店」。

銀快能寫詩能發長文，著有《古事記：甜美憂傷與殘酷童話的七段航程》，譯有太宰治二十篇短篇作品選《葉櫻與魔笛》等書。經營書店也是箇中好手，由於有一次「布拉格書店」的經驗，第二間店決定在桃園落腳後，「荒野夢二」的誕生便省下許多不必浪費的預算與失敗的經驗，而且開店的過程與南崁1567小書店幾乎是完全相反的。小書店是整體企劃完備，完成度百分之九十五才開張；「荒野夢二」是開張時大概有個書店樣子，但漸漸地，書籍與雜貨逐漸完備，每次拜訪都有「這書店怎麼越來越大、越來越豐富多樣？」的感覺。

「夏琳，妳寫一本《十二頁企劃書成功申請文化補助》，我寫一本《五萬元輕鬆上手開特色小書店》，保證會大賣！」銀快眉開眼笑的說。

銀快看中一個距離桃園夜市不遠的長型店面，面積幾乎有五十餘坪。「書店也要順便要當工作室寫作用」，銀快夫婦這麼說著，從一開始，書店只圍了大概十坪左右的大小，隨著收書的數量越來越驚人，書店範圍越來越大，工作室也越來越往後退，但這傳統長型店面，似乎後方無盡頭，書店和雜貨像是有機生命體，不斷不斷擴充變大。

「南崁 1567 小書店」和「荒野夢二」兩間書店是合作互相照應、互相支援多於競爭的，兩方距離大約半小時車程，但常客也都經常輪流光顧。曾有一位常客笑說：「我就只要照顧好你們兩家書店就好！」也曾有被認定是小書店常客的，在「荒野夢二」也經常出現。兩家書店進新書時，都會問問要不要順便幫忙進書，兩家店老板也常光顧彼此的店，企圖想把對方店裡的好書挖過來，如此互相挖寶的情況也相當多見。另外諸如互相支援講座、支援市集擺攤，外界邀約演講也會互相推薦，雙方交集互助非常頻繁。

甚至兩間店都帶有濃厚日式風格，銀快本身是日文譯者專業，「荒野夢二」四個字本來就是日本動畫的「荒野女巫」、大正時期畫家「竹久夢二」各取兩字組成；而南崁小書店的老板娘喜歡日本戲劇、文學、音樂，有相當程度的日本深度自助旅行經驗也不是新聞。有趣的是，兩家店的店主還會不約而同恰恰好人都在日本，記得有一次，一人在東京、一人在熊本，倆人互相打趣說，莫非想進軍日本市場，合開一間台灣書店吧！

銀快在出版界已久，也經常會提出建議與因應態度。舉例來說，有一次一家專營社會議題出版社出了一本很不錯的書，但老板娘拿不到能夠接受的折扣非常沮喪，向銀快哭訴。銀快說，那本是好書，不應該因為拿不到好折扣就不賣書，還是要大力推薦給讀書。聽到這句話，老板娘也好好反省了一下。是的，好書就應該推薦，不能因為沒有利潤就不推薦。這一點，一直謹記在心，日後有好幾本非常棒的書，即便進價已經到了七五折以上，與大通路的賣價幾乎一致，雖然哀怨，也還是認真進書推薦給讀者。

銀快和同樣是作家的妻子沒力史翠普，還有九隻輪流顧店的愛貓，一起守護著「荒野夢二」，有時趕稿到天微亮，會看到銀快到附近市場吃早餐的文章，有時也會發現銀快非常認真地推薦書籍，把書依顏色、主題，三不五時就變換排列與隊形，每次都有新的感覺，非常有趣。

開玩笑肚子越來越大，但帥度越來越爆表的銀快，有文人的溫暖憨厚與內斂剛正的氣質，你覺得呢？

小書店人客留言

Syd Chen —

故鄉，書香，咖啡香，都不如小書店裡的人文故事香。

28/ 送妳一匹穿金鞋的馬，書店撐不下去就拿去賣

平常日小書店都比較清淡，某天晚上來了一個面熟的女生，俏麗短髮，精明幹練又隨和模樣，在隔壁吃了飯後就過來喝杯咖啡。

「這位人客，妳好像很久沒有來了喔？」

「有啊有啊，上星期我有來，是夏莎值班。」轉身回頭拿起書櫃裡兩個植物手染包放桌上。「我掙扎這兩個小包包很久了，老板娘覺得哪個好？」

「我也掙扎這兩個包很久，其他小包都退回去了，就是這兩個包捨不得退，要我說嘛，這兩個包都很雅，硬要選一個的話，我會挑淡花紋的。」

她呼了一口氣，拿出自己的小包包放桌上，那是一個已經有歲月斑駁痕

跡的小包，花色和另一個夏琳沒挑的深色花紋包竟有一種非常契合之感，儘管它們質料不同、年代不同，卻各有一種沉穩內斂與活力創新的優雅，完全不會令人感到突兀。

那舊包是長輩留下來的，老板娘立時懂了人客的掙扎。不考慮舊包包的話，一定選淡色花紋；考慮舊包包的話，似乎深色花紋更為適合。那是一種親人的連結，就像經營小書店是老板娘自以為地與已逝親人的連結一樣。

兩個人一起在櫃檯前掙扎。

「如果不嫌棄我市儈的建議，就兩個都帶回去吧，今天業績超慘的，要不要挽救一下？」想不到她居然爽快說好，這下老板娘又愣住了，真的假的？

「衝著這句話，我一定要挽救小書店今天的業績。」她毫不猶豫地回答。

一個跨年的晚上，她帶著父親與男友來小書店逛逛。聊著聊著心情愉悅，一時之間，小書店似乎變成英國小酒館了，我們兩個女生笑得非常開心，離開時大力揮著手說新年快樂。

隔天，他們再度光臨，換成父親硬拉女兒再來一次小書店。「我昨天看妳這麼辛苦，回家後馬上加班，畫了一匹馬，幫妳招財進寶！書店要是缺錢，就把馬腳上金鞋脫下來，可以換兩間厝！」伯伯精神抖擻說著。

夜晚將近十點的時候，還專程送馬來，謝謝伯伯！馬腳上的金鞋一定可以留下來，小書店不到最後關頭，絕對不會變賣的！

小書店人客留言

Alice Ting —

小書店在裝潢時期我就在臉書上關注它了，一直很期待小書店開幕……。我喜歡小書店中濃濃的人情味；我喜歡小書店辦的講座聽作者談寫作、談書，彷彿我們也在書中的世界；我喜歡老闆娘爽朗的笑聲及零距離的互動；我可以在這裡和老闆「談書」，談書的設計、談書的內容、談看過的想法。因為老闆娘看了很多書，不僅可以介紹好書給我，也可以跟我分享心得。這是一家溫暖的書店，不僅是夜裡公園旁點一盞溫暖燈光的書店，也給前來探訪的顧客滿滿的溫暖。

29/ 偷潛進入小書店的水瓶子

還不認識水瓶子之前，依稀好像知道有這號人物，是寫旅行相關的作家。他第一次來的時候，老板娘完全不知道他是水瓶子，他就和一般客人一樣，點杯飲料，買幾本書，面對前方綠意公園，坐了好一陣子。

第二次來，水瓶子點了一杯焦糖瑪奇朵，這讓老板娘印象更為深刻，焦糖類型的飲品一向是小朋友或是年紀較輕的女孩兒喜歡的飲品，男生們多數愛點卡布其諾或美式咖啡這一類成熟感重的大人飲料。喜歡喝焦糖瑪奇朵的大男生，想必有一顆隱藏的赤子之心。

他找了一個背對老板娘的位置，隔壁還有一位小女孩兒也點了杯焦糖牛奶，正在認真看書。那天星期三，買書人不多，但雜務甚多，除了一些書店例行店務外，幾位約訪上門與老板娘商談一些事情。

悄悄像個米其林神祕客般，水瓶子來到小書店探訪三次以上，水瓶子側身悄悄聽著老板娘與來客的談話、店主選書與風格，以評估是否夠格寫入他的新書《我的書店時光：尋找人與書的靈魂交會》。這一點很令人欣賞，每一間書店都是用自己的眼睛觀察再書寫，最後與店主再成為朋友的更不在少數。

他在《我的書店時光》中寫道：「夏琳利用每一個結帳的機會與客人聊天，而不是7－11生冷地『歡迎光臨』、『謝謝光臨』，這讓我想到了消失的傳統柑仔店，用書來串連社區居民互動的可能，真的是可以解決目前台灣社區營造所遇上的難題！」

這一段話果然觀察幾次就抓到重點，小書店一向是實踐社區理論的場地，包括選書、迎客、講座或課程，所舉辦的活動都盡量緊扣藝文、閱讀及社造精神。當然，因為書店面積小，獨立書店店主與讀者也比較有機會互動。

水瓶子不僅是位觀察力敏銳的作家，同時他也是台北知名歷史空間「青田七六」的文化長，專門負責訪者的人文導覽相關業務，不僅「青田七六」本身的解說，更規劃許多路線，例如永康人文路線、溫羅汀獨立書店路線，讓旅行更深入、更有文化質感。

第三次，他終於到櫃檯向老板娘招認他是水瓶子後，水瓶子大叔與夏琳大嬸就漸漸變成好友，不僅同為水瓶座，有些理念與態度也相當有共鳴。《我的書店時光》新書上市時，作家本人不但專程一個人主動默默來簽名、支持小書店的講座活動，同時，也幫忙宣傳小市集，還不忘寫文時順便開個小玩笑，「小市集廣播時有童音的夏琳大嬸真可愛。」

小書店人客留言

Catherine Kuo ——

小書店就像是我那一直無法實現的夢想。「一個空間，可以讓人暫停一下，可以休息一下，可以閱讀，可以喝咖啡，可以靜靜地與書籍對話，參與書內的世界」。

不管碰到什麼挑戰或困難，看看小書店的貼文，又可喘口氣緩個心情再繼續努力。謝謝小書店與阿夏，好期待有天能看到「三蘆小書店」。

30/ 認眞過小日子的正媽

開始熟識《小日子享生活誌》這本刊物，起源於去年編採團隊來採訪，那次的報導，小書店有幸也被選擇當做封面之一，也同時開始了與這本刊物的合作。

對於直往雜誌社要一次買斷數十本，一開始頗有壓力。意外地，銷售狀況非常好！越深入閱讀《小日子》就越理解，小書店人客與《小日子》讀者重疊度甚高，這本生活雜誌在小書店的銷售成績一向很不錯。

喜歡簡單、平和，沒有江湖廝殺感，卻綻放著一種為生活積極努力的正向能量，不是一般人所說的，躲起來自己過自己的「小確幸」。小日子執行長林正文常笑著說，她也是「哎哎叫小協會」一員。「哎哎叫」指的是經常為銷售數字奮鬥著，遇到低潮，哀聲嘆氣兩聲，但是一「哎」完立馬變成英勇小鬥士，繼續鼓起勇氣、充飽能量，繼續往前衝。

我們從單純採訪關係，逐漸熟稔，加上正文也住在桃園的關係，變成不錯的好友，有時她會親自送貨。家有三寶，媒體工作高壓緊張之餘，仍勤運動健身，被稱為漂亮「正媽」。在一片出版低潮中殺出重圍，賣出不錯的好成績，今年還榮獲金鼎獎！

有人說《小日子》只是一本「小確幸」、「小清新」的雜誌，讓人們只沉浸在自己的小小世界裡，但其實，《小日子》與小書店的思考是一樣的，我們關注自身週遭事物，從自己本身、自己所處的地方做起。如果連自己居住的地方都不在意也不了解，我們如何能愛家、深刻了解自己家鄉的人事物，又如何能認同台灣的文化？如果不從自己的週遭開始努力，好高騖遠如何能做好其他的呢？正文認為，這本雜誌致力的是台灣這塊土地的真實生活，讓中文閱讀人口看到更深層的台灣濃厚人情，與值得被保留的生活和歷史，使台灣這蕞爾小國不會被邊緣化，我們能過自己喜愛的好生活。

的確，因為有了《小日子》，我們才開始學著過日子，這樣一本風格雜誌的誕生，讓我們思考並反思自己的生存與生活的方式。

小書店人客留言

劉雅惠 ——

1567小書店一點也不小

她是一座充滿想像卻又真實存在的城堡

一會兒化身為擺滿創作藝品的——藝廊
一會兒變化為知識殿堂的——演講廳
一會兒幻化為孩童最愛的——繪本故事屋
一會兒變身為溫馨互動的——座談會
一會兒將舞台延伸為露天親子——兒童劇展
一會兒將公園變幻為老少咸宜的手作——藝文市集
一座充滿無限能量
一座充滿無限希望
一座充滿無限想像
一座充滿無限空間
一座充滿你我……真實存在的城堡
幸運的將你我放在這座城堡中
盡其可能的滿足你我心靈、藝文生活

31／素未謀面，也是小書店常客

一模一樣的書，一樣的內容，網路輕鬆按一按，一分鐘內就可以採買妥當，隔天送到家裡，而且一定最便宜，絕對不會有什麼買不到書的困擾。

一定會有人笑那些在實體小型書店買書的人吧！又沒有比較便宜，又要自己搬書，訂書也不一定有，都什麼時代了，買書還能這麼麻煩，實體書店倒幾間，與我何關？

想到這裡，就真的非常佩服願意到小型書店買書的人，他們多花的一、兩成書價，是對於獨立書店在閱讀推廣上的努力與支持，是對台灣文化環境多樣性的支持。

最近有好幾位這樣的人客，其中有位住在台南的人客，沒有來過小書店，有一天，他看到小書店推薦南方家園出版社的楊渡新書《水田裡的媽媽》，便發了個訊息。

「請問可以郵購寄書嗎？我盡量不在網路上買書，但會在網路上收集書訊，然後向獨立書店訂書。」

「如果是《水田裡的媽媽》這本書，我們已經訂到書，可以幫寄喔。」

這麼支持實體書店的人客，不管提出多麼艱難的要求，老板娘覺得一定要提供相對應的服務，以答謝支持。

「那其他的書也可以嗎？」

「小型書店取書不容易，如果是出版不到一個月的新書，不一定拿得到，要等一陣子；如果主要經銷商沒有往來的出版社，我也拿不到書，如果直接向出版社訂書，太大間的出版社也不會理我們，所以您可以把書單給我，能訂得到的，如果願意等，會幫您訂書。」這種困難的狀況應該會在獨立書店同業組成的「友善書業合作社」開張後會有所改善了，期待！

「我理解台灣的出版環境，不會給你們帶來太多不便的。」小書店何德何能，能遇到這麼好的人客！老板娘簡直感動到要哭了。最後這位人客選了十本書，小書店只能訂到其中七本，書一送到，立即到郵局寄書。老板娘很任性，還沒收到書款就寄書了。這樣的人客不會欠錢的，我很有信心。

這位人客似乎對於收到書的速度比想像得快有點吃驚，隨即又來訊發問，有一間巴巴文化出版社的書，能不能訂得到。

「現在和這一間出版社沒有合作，但如果您的訂單能多幾本的話，我們可以和對方聯繫問看看，這家專營台灣作家的繪本，非常符合小書店的選書方向，也很有興趣和這家出版社談長期合作。」

「請幫我訂《噴射龜》十本、《我們的安平古堡》三十本。」哇，遇到大戶！開心！也因為這位人客的推薦，巴巴文化成為小書店新往來的出版社，迅速訂妥人客要的書，希望明後天人客就可以收到書。

天氣真的很冷很冷，但人心總是這麼溫暖。

小書店人客留言

呂淑雯——

好可愛的書！這是不專心賣書的小書店，呵呵！那我就是那個不專心買書、專愛亂買書、亂放書的人客囉！

32/ 小書店求婚記

「老板娘，我想在小書店向女友求婚，不知可不可以配合？」有一天，男主角傳來了這一封信。

美事一樁，但老板娘卻擔心萬一女方受驚嚇，拂袖而去，再也不來小書店了，怎麼辦？「請放心，其實我已經去女方家提親過了，只是似乎沒有認真向女友求婚，好像有一點點小小不足，我想要為我倆留下美好的回憶。」男方很擔心老板娘不答應，立即來信回覆。

是這樣啊！那就放心了，男主角心意真的很棒！明明是寒冷冬季，卻洋溢暖暖愛意！男主角說，他與朋友們一起規劃，想出一套劇本，請老板娘幫忙配合。大致內容是小書店舉行假日情人找書活動，在書櫃上找出十本書，書中都有字句，全部找到打開來唸給老板娘聽，全部答對就有小禮物。

男主角為了這件事到訪了三次，好友們也兩肋插刀，不斷排演、預設女主角會問的問題，也提早到場布置氣球，播放了他們喜歡聽的音樂。每當問題丟給老板娘時，還得趕緊對上台詞～呼！老板娘也超緊張的！萬一不小心穿幫壞了人家大事，該如何是好哇！

當天，男主角把現場交給眾多親友，自己到女友家接人。原來，女主角非常愛看書，也很想到小書店逛逛，但一直沒有空，男主角思考求婚地點時靈機一動，那就假日約女主角去逛小書店好了，她一定會很想來。

來了來了！店工夏天小姐匆忙撕下「包場公告」，把大門全打開，全部的人都進到書店後，才悄悄再把門關上，貼回公告。這中間有三組人馬要進書店，真是不好意思，但大家人好好，都說沒問題，十二點再來，祝新人求婚行動成功！

如同預演，女主角和親友們把十本書都找出來了。說也有趣，小書店裡的書竟然有那麼多符合當下情境的，例如《新娘》、《新郎》、《未來我是你的老婆》、《現在很想見你》、《戀愛的法則》、《為愛起程》等。在尋找的過程中，書裡暗藏的圖片文字是倆人共有的甜蜜回憶，男主角一張張唸了出來，女主角也感動地流下喜悅的眼淚！哭點甚低的老板娘也陪著感動，濕了眼眶。

「嫁給我，好嗎？」突然，女方親友跳了出來，拿出大牌子，幫男主角壯大聲勢。

「好啦！」女生超驚喜摯友怎會出現，一邊低頭害羞回答。

耶！這下大功告成了！男主角拿出特製氣球大戒指，親友們幫忙播放影片，就這樣，求婚橋段開心結束了！

說來巧合，小書店生日是去年二月，而男女主角互有好感的曖昧期也正好是同時期，兩人交往時間一年多了，與小書店差不多耶！到明年二月就滿兩年呢！

親友們起哄，結婚小禮物不要買那些有的沒有，乾脆就送小書店過一陣子要出版的紀念書吧！這樣更有意義，也更有氣質呢！真是謝謝大家了！小書店求婚記圓滿成功，小書店又有一個很棒的回憶呢！

下一個小書店驚喜故事，會是誰來創造呢？好期待。

小書店人客留言

被求婚的女主角　林玉嵐——

2013年2月，偶然得知小書店的存在，目光立即被吸引！想著總有一天，一定要走入這個世界，探索、認識這美好的一切……

2013年2月，在同一單位服務許久卻鮮少有交集的我們，在緣分的安排下，從陌生、熟悉，到漸漸發現彼此的內心中，對方擁有愈來愈重要的份量……

2014年12月，從未想過，當我們第一次牽手踏入小書店，也是互許承諾、準備攜手度過一輩子的開始！

與小書店的邂逅，如同我們的愛情成長過程一樣，雖然最初知道彼此的存在，但一直沒有機會真正接觸，儘管如此，有緣，終會在命運的安排下熟識，且被牢牢套在一起！

在對的時間遇見對的人相當不容易，而能在走入人生下一個階段，由小書店見證我倆的幸福將無限延續時，更是令人感動無比！

33/

「我們最愛逛書店！」桑桑和她的風趣先生

「夏琳，妳喜歡Mr. Children？」桑桑聽到音樂，踏進書店裡驚喜地問。

「喜歡啊！我最喜歡〈365日〉，經常在無人時偷偷放很大聲呢！」Mr. Children是日本知名樂團，主唱聲音沙啞情感沛然，彷彿經歷許多塵世風霜，詞曲都是自己創作，才氣十足，演唱爆發力十足，似乎可以把聽者的鬱悶感全唱出來。難得遇知音，當下就約桑桑如果他們到台灣開演唱會，我們一起去聽。

記得有一日邀請侯季然導演到小書店來分享拍攝《書店裡的影像詩》，四十支獨立書店紀錄片。桑桑萬分遺憾敲來了訊息，告知必須回南部一趟，無法參加，但她先生一定會到。那天小書店舉辦了買書送明信片請侯導簽名，小書店免費幫忙寄出的活動，只見桑桑的可愛先生在明信片裡寫著「侯導的講座好精彩，我幫妳聽完囉，候導超帥！」旁邊還畫了一個可愛的小動物標示那是侯導本人簽名。

一看到這張明信片，夏琳真笑倒在地上了，衝著和兩夫婦交情還不錯，便斗膽用鉛筆在旁邊寫上「喂！寫錯字ㄌ啦，是『侯』導啦！」桑桑接到明信片也笑到流眼淚，一起笑鬧著，真是開心。

她也常帶著在別家書店買的書和夏琳分享。一天，她帶來了手工日本繪圖書《天鵝湖》，兩人一邊細細看著書，一邊連聲讚歎日本出版品總是這麼精細。一問價錢，發現原來代買日文書籍可以往上加三成，運費另計。這下夏琳又學到一招了，之前臉皮好薄，都不好意思額外收錢。

這對可愛的常客夫婦休閒活動最愛逛獨立書店，他們笑著說，每次放假好像就只會去逛書店和買書，要做其他的事還不知道要做什麼好呢。桑桑的ＦＢ裡記錄了造訪每間書店的足跡，竟然超過五十間書店！當然，最常造訪的還是小書店和桃園市區的「荒野夢二」書店。前些日子，桑桑非常開心地說，他們要從大園搬家到南崁了，離小書店又更近了些，以後就可以更常報到了！老板娘也好開心呢！

小書店人客留言

Pei-Jung Sang —

或許有天當離開桃園時，最令我懷念的是小書店在黑夜中溫暖的亮光，在這裡遇見了美好的人事物，一起聽過的講座，一起參加的市集，一起看過的展覽，一切的一切都令我難忘，小書店對我來說是心靈的避風港，很高興有你的陪伴。

34/ 藝術家常客——阿甲、歐啦及蘋果熊

第一次對阿甲有印象，她正在翻閱老板娘那時剛從瀨戶內海旅行搬回來的書，那些非賣品展示書有人關注，老板娘就湊過去打招呼了，原來阿甲收到日本小豆島的邀請，要去那裡進行公共空間創作。

瀨戶內藝術季是近年非常有名的日本大型藝術活動，每三年一期，每期涵蓋春夏秋三季，活動散布於各瀨戶內海諸島，許多來自世界及日本各地的藝術家，結合藝術、地景、在地生活與地方文化，以島嶼再興及活化為目的進行許多非常有趣的創作。

阿甲到小書店想找相關書籍，小書店沒有最近出版的藝術專著，倒是有幾本日文版的瀨戶內海島嶼繪本旅行書、幾本當地美術館介紹書籍，便請阿甲翻閱，並強力推薦豊島美術館是絕對必去的美術館之一。在豊島可遠望瀨

戶內海的小山丘上，藝術家內藤礼及建築家西沢立衛共同創作豊島美術館。休耕梯田一角，與原居民共同合作，讓這個地方再次復活，蓋了水滴形狀建築，天井有兩個，風、光、聲音能直接進入，自然與建物互相呼應，成為一個有機的空間。內部空間有水滴不斷從地上輕輕巧巧湧出，配合自然的變化與時光的流逝，創造出無限風景。

這是在意地景藝術及社區營造的人會想要觀摩的藝術空間吧？阿甲的專長正好是公共藝術、藝術改造、社區營造、插畫及圖文創作相關，正好小書店的理想是以閱讀切入，成為在地「微型藝文聚落」，對於社造與文化空間也甚有興趣，於是就麼聊起來了。她在台南後壁的土溝農村美術館待了好些年，從台南搬回桃園時，她驚覺怎麼桃園的藝文如此淺薄，於是也和幾位同好成立了「桃園藝文陣線」，從探討桃園藝文開始，勾勒文化願景藍圖，並在桃園各地區舉辦許多文化講座，凝聚共識。

有一天，鼎鼎大名社運獨立書店——嘉義洪雅書房店主余國信與阿甲一起來到小書店，國信人親切隨和，與搞笑醫生也是好朋友，當他們兩位一起現身時，老板娘八卦電線正強烈感應！

「交往了沒？」

「還沒告白，還在曖昧期中。」男生說。

「需要推一把嗎？我覺得女生對你有好感啊！」只見國信憨憨笑著。再過一陣子再看到他們，已經公開交往了。小書店紀念書正式出版時也邀請了阿甲到小書店舉辦個展，等到天氣暖和些，我們還要一起合作戶外社區藝術創作，真期待南崁有更棒的藝文風景。

再來介紹另一位小書店常客藝術家——歐啦。有一天，接到一封毛遂自薦的信，詳細地說明自己的創作與作品，希望能進小書店販售。小書店一向歡迎符合小書店風格、也居住在桃園、南崁的藝術創作者與小書店共同合作。由於歐啦就住附近，似乎到騎樓喊聲「歐啦！」她就會飛奔而至的感覺。合作了一陣子，在一次聊天中詢問歐啦願不願意到小書店展覽，她也很開心接受了，那時她正待產中。

「歐啦，有關展覽日期，妳願不願意在小孩生下來滿月前後開展？」沒生過孩子，不知新手媽媽會有多辛苦的夏琳竟然這麼提議。

「好啊！感覺這樣很有意義耶！家人會幫忙照顧小孩，我想應該沒關係吧？」新手媽媽也樂天地回應著。

幾次展覽討論會議後，在一次邀約歐啦進行最後定案時，她卻失聯了，咦？歐啦怎麼沒有來呢？「夏琳抱歉，今天去不成了，我在醫院，小孩提早報到，剛剛把小孩生出來了。」歐啦傳來了信，生產是人生大事，她竟然還惦記著約會。

「恭喜歐啦！真是太好了！好好休息，乖乖做月子，等妳回復體力了，有空處理其他事再談展覽，展期晚些日子沒關係，小書店檔期會等妳！」在小嬰兒滿月後沒多久，小書店就舉辦了歐啦個展，每次看到歐啦推著嬰兒車到小書店逛書架時，彷彿能看到可愛的歐啦用甜甜的童音對孩子說，快快長大，媽咪好想和小寶貝一起到小書店看書喔！

另一位住在小書店附近的常客藝術家——蘋果熊，也是一定要提的藝術創作者，她與先生熱愛登山與旅行，全世界走透透。擅長旅行速寫，快手快畫的她，隨身攜帶一本小小素描本就能把旅行美景畫出來。蘋果熊一家人非常支持小書店，在小書店舉辦個展時，即使是自己親友想要買畫收藏，也都是透過小書店來購買，讓書店能抽取一些佣金，這份心意由衷萬分感謝。

近日她也成立了一個文化空間——蘋果熊手創工房，從事教學與手工創作，除了教繪畫，手巧的她也對手作相當有興趣，小市集舉辦那天，她帶來了許多創作作品及手作餅乾、點心，全都一掃而空，真是厲害極了！蘋果熊也一口氣預購了十多本小書店紀念書，她笑說，小書店太棒了，一定要買書支持的！

小書店人客留言

Ola Ou —

跟小書店的相識很不經意，剛搬來南崁，發現家附近有一間二手書店，對於愛看書的我，感到非常興奮。後來還厚臉皮的去自薦，希望能寄賣我的手創商品，然後我還在小書店辦了生平第一次個展。這一串美好的發生，都是夏琳「順手的文化」特質。小小書店舉辦那麼多與社區交流的活動，卻感覺自然的像是老闆娘開書店後，順手做出來的，如果有越來越多人如同整理家裡一般，順手把文化與分享的事情做起來，會形成更大的力量，影響更多人，就像南崁1567小書店影響你我一樣。

35/ 戴寶村老師：小書店正在寫南崁社區文化史

真不敢相信，台灣知名歷史學者、政治大學台灣史研究所戴寶村教授，會願意委身到南崁的小書店，來和大家聊聊我們生活中的桃園與南崁的歷史故事！老板娘是怎麼請到他的呢？

一開始，認識戴老師大概是十年前的事，接了一個高雄方面的案子，歷史顧問正是戴寶村老師，那時應該是在中央大學擔任教授。老師既親切又隨和，一直鼓勵老板娘繼續唸書，把自家的書店家族史寫出來、帶我們到陳中和故居拜訪——那時還是荒廢已久的大宅院。

過了不久，老板娘辭掉工作考上研究所專心當學生，由於已經知道自己想學習的方向為何，所以修了很多歷史與文化研究方向的課，研究所修了將近六十個學分，簡直可以修兩個學位了。剛好戴老師也開了課，當然就一定要去上課了。等到畢業論文審查，指導教授邀請戴老師當口試委員，記得那時戴老師說：「每年要當那麼多學生的口試委員，妳的論文是我可以從第一個字到最後一個字看完，覺得有趣而不會厭倦的。」他認真看論文，寫下許多修改與改進的地方。大家知道，有些名教授忙到連指導自己學生的時間都沒有，而戴老師竟然如此用心，當下萬分感動。

然後又是幾年過去了，與戴老師也斷了音訊。開了書店後，一切似乎又重新連結起來。

搞笑醫生的太太是在地南崁人，一聊之下發現，她不但是老板娘就讀的大學同系學姐，也是戴老師的指導學生，她以口述歷史與史料研究分析角度，寫下以南崁婦女為主題的《台灣媳婦仔》一書，也才得知原來馬偕與南崁的淵源，從聊天中發現戴老師也是桃園文資委員，對桃園歷史做過不少研究。

前些日子在別家書店買了一本戴老師策畫的《小的台灣史》一書，從序文中戴老師幽默風趣的文字，立馬浮現老師教學風格，聽他講課，就像是聽說書人說故事一樣精采。戴老師自稱自己是「小的」（「小的」之意，就像是古裝劇中小二或上衙門的平民老百姓的自稱語），從常民角度切入來看常民生活與故事，新鮮又有趣。

找到戴老師聯絡方式，鼓起勇氣寫信給他，老師竟也立即回信，表示願意到南崁來說歷史故事，超級感動！戴老師說，南崁出名甚早，地方雖小，但從南崁聚落沿南崁溪到北桃園，有許多我們不知道的歷史人文故事。

非常深刻記得，那天聽講的人把小書店塞爆了！從十二歲的小學生到白髮蒼蒼八十歲的老伯伯、從已居住南崁四十年的阿伯，到剛搬來沒多久的青年人；從文藝氣質空姐、到社區媽媽、到其他領域的大學教授、國中小教師，還有許多對歷史感興趣的上班族。這一場以台灣有趣諺語貫穿台灣四百年歷史的兩小時分享，老板娘真是感動得無以復加！全程笑聲不斷，連小六生都瞪大眼睛專心聽台灣的歷史故事！

戴老師說，小書店正在南崁寫社區文化發展史，那麼，經常在店裡的朋友也是參與歷史的其中一位。

歡迎人客隨時一起與小書店創造回憶、寫歷史。

小書店人客留言

林育瑄——

喜歡這間溫馨的小書店，不僅有書，更有許多精緻特別的收藏品。愛書又喜愛收藏小東西的我，每次進去都能補充能量，期待每次待在小書店的時光！

36/

不專心賣書的南崁1567小書店的社區實踐之路

——收錄於獨立書店協會《聽見書店的聲音Vol.2：從理想到現實》

南崁1567小書店（以下簡稱小書店）位於桃園蘆竹，二〇一五年二月邁入第三年。這是一個二手書、嚴選新書、文創商品、藝術家展覽、藝文分享的微型藝文聚落。以社區實體書店為定位，希望營造一個適合全家人輕鬆閱讀、平凡平靜的藝文生活空間，於是選擇座落於文教住宅區的小公園一角。

十二年前因家人工作關係在南崁定居，與其他南崁新移民一樣，生活圈卻一直在台北。近幾年，選擇在南崁定居的人開始多了起來，生活機能已然完備，但是精神層次的藝文環境卻非常少。當時決定要成立一家書店後，親友全部反對，認為台灣的環境不利書店經營，開書店根本就是肉包子打狗，不但毫無獲利可能，成本更無法回收。

感性的決定讓我覺得書店能夠存在的那一個過程，才是最重要的，那是一種與過世家人的傳承、自我實踐的責任感，還有一種想要讓自己居住環境變得越來越好的需求。如果選擇在藝文環境比較好的在台北都會區開書店，是錦上添花；在南崁開書店，雖然是冒險，卻也是主動出擊，由下而上塑造社區藝文環境的態度。

依照我自己個人的工作資歷專長、選書喜好及對於美好生活品質的想像，這兩年來塑造了一個理想的以書店為中心點，向外擴散發射光芒的微型藝文聚落。寫案子向公部門申請閱讀補助及書店營運補助，依照自己的想法，打造出一個理想中應該有的在地社區書店。

「政府做不到的，給我錢，我來做！我一個人做不到，再找志同道合的常客鄰居一起努力！」

一開始，規劃免費講座吸引藝文愛好者參與，藉由長期上課相處，培養出對課程與小書店的認同感。小書店講座並無收費，多數參與講座的人會有一種默契，主動點杯飲料或買幾本書，當然也會有少數情況參加後無消費就離開。沒有關係，這本來就是一種互相的態度，可以接受。

長期培訓課程多數兩三個月以上，例如「說故事給孩子聽——說故事人才培訓」課程，除了上課與練習，最後還有三小時實際上場演練，把上課學到的觀念及技巧都在實習演練中表現出來。十六個人共有四十八小時的實際演練，那麼，小書店裡就有四十八個小時可以吸引親子來書店看書聽故事，除了給書店添增人氣，也為社區增加更多人文氣息。

二〇一四年「勇闖第二年——南崁1567小書店之社區藝文活動季」，我把這個概念再度發揮到整年度，但它的架構是不變的：規劃、培訓、練習、實踐、社區參與。人數概念則是一個起頭、少數種子、眾人參與。除此之外，整合各方資源做為計劃潤滑劑，納入整個實踐體系裡，例如爭取預算、爭取合作、爭取地方資源、爭取地方人士支持等。

整個規劃首先為「社區藝文活動企劃課培訓」，規劃十堂課學習如何舉辦專業社區藝文活動，全程參與，並通過徵選者，可全額支應活動經費，從發想創意到實際執行，具體實現夢想中的社區藝文活動。招收對象為對規劃社區藝文活動有興趣的南崁或桃園在地居民、家庭主婦、藝文青年等。課程內容包括入門概念及實務，實務課由夏琳親自傳授，教授企劃書寫作、行銷計劃、各類藝文活動實務等；另外也邀請業界資深人士現身說法，包括社區藝文活動的執行概況、其他獨立書店與社區互動、社區導覽方法與過程、提案簡報、溝通協調技巧等。最後再將學員分成五組，正式簡報心目中想要舉辦的藝文活動企劃。

在過程中，漸漸培養出對書店與社區的認同感，其實是一種志工培訓的概念，最後實際放手讓學員們去規劃執行，書店只是提供資源及掌握大方向而已，讓學員不只是從事第一線服務而已。雖有壓力、需要更多時間磨合與討論，但會更有成就感。最後選出兩組，分別是規劃《南崁文化地圖》、「南崁1567小市集」。

《南崁文化地圖》小組成員經過三個月時間學習藝文活動企劃、四個月時間完成執行企劃、在地人士訪談、資料收集、文字撰寫、繪圖及後製，結合在地里長及各級學校支持，總共印製二萬五千份發送全南崁八所學校、大桃園地區藝文場所與特色店家、全台灣獨立書店也能取得，並獲得桃園縣文化局及觀光局主動協助，協助廣發地圖與宣傳，甚至桃園的高級觀光旅館都主動索取。各校老師運用地圖做為教學學習單之用，老師們亦開心與小書店分享學生認識家園的學習過程，這是在地居民認識家鄉的第一步，南崁近年新住民激增，這份地圖實有出現的必要，據說也在社區教育與獨立書店圈引起話題。

而「南崁1567小市集」，不只是一場賣東西的市集，而是一場社區資源整合的成果展。所有活動籌備規劃由市集組四位成員分工完成，共計有五十五個攤位參與，全是台灣在地藝文與手作攤位，並以桃園文創工作者為主，外縣市主動參與者次之。市集活動能活化優質生活環境，增加環境的藝文張度。生活即文化，藝文氛圍隨時在住家不遠處出現，影響在地居民對藝文的需求感，這是舉辦小市集的原因。

一開始，市集組成員覺得只需要籌辦一個十幾攤的小小市集即可，然而，在激起學員們對社區的文化想像後，期待規劃一個有文化的、有藝術感、手作的，還要帶一點書卷味的小市集，成為大家的共識。

市集舉辦當日人山人海，媒體主動採訪，許多攤位尤其是手作烘培類，十一點開賣幾乎不到三小時就完售，為了讓市集更有文化質感，也安排了南崁高中音樂會及童書出版社主講的兩場作家說故事活動。這場市集活動被譽為近年來大桃園地區規模最大、最成功的一場手作市集，粗略估計當日參與人數應超過五千人次，各攤位銷售業績甚至比台北著名大型市集要更好，小書店當日營收亦超乎意料，竟高達半個月營業額之多。當日臉書感謝貼文中有四百多人按讚、留言人數五十餘則，閱文人數超過一萬人，這是從來沒有過的事。

有時候想，為什麼不能純粹賣書就好，書店為什麼要攬上這麼多社會責任？一方面或許是店主的社會使命感，另一方面或許是希望突破書店經營的瓶頸困境。

小型書店在台灣的處境十足險惡，網路與大型通路動輒七九折，甚至為求業績任意折扣的銷售方式已屬常態，小型書店進書成本價因為書量少無法競爭，基本進價七折起跳，七五折以上甚至訂不到書、經銷商沒有書可以給也是常態，無法公平競爭，未戰已敗。

所幸，我們有許多常客、鄰居共同支持著小書店的成長，明明比較貴、比較麻煩、訂書也比較慢，經常還會訂不到，但仍總是給予最大的實際支持。小書店臉書粉絲專頁除了介紹新書，也經常記錄著書店生活點滴。固定瀏覽的常客會知道小書店的喜怒哀樂，經常有感動與歡笑與理念闡述的貼文分享。小書店　想營造的就是住家附近的一家社區小書店，任何人都能輕鬆自在走進來，看看書、話話家常，買一本書，重拾人與人之間的互動交流。親手觸摸書籍與掀翻紙張的實體感，在書店裡才感受的到。

目前營運狀況在不計創業成本攤提與老闆不領薪水狀況下，僅能現金支出勉強打平。其實，整體營業額比預估狀況好，但是獲利程度卻比預估微薄到不能想像，如果加上政府補助，多少稍稍紓解成本人事壓力。目前為止，台灣的出版環境還沒有改善，特別期待獨立書店協會及友善書業合作社能在二〇一五年有一番作為，讓小型書店多一點生存與喘息空間。

做為一家理想中的社區型書店，南崁1567小書店可以說已經百分之九十達成創業時心目中理想狀態了，但仍需繼續前進，努力求生存，努力保持對文化與閱讀的熱情。創業容易，守成才是艱難。雖然辛苦，但無悔。

南崁1567小書店

2014.10.29／認真工作、認真玩、認真生活

　　昨天開始閉關一個月，說是閉關，其實就是到個陌生的地方，一個人生活一個月。超過一個月的異鄉在地生活，台灣幾個地方不算，外國竟然也好幾處，這次來到日本九州——熊本。

　　大家會想要看熊本生活日記嗎？好像和書店沒關係耶。

　　出發前忙翻天，光是書店工作交接文就快二千字，匯出二、三十個合作單位應付款項，文化部期中報告帳務部分被退過兩次，還好應該沒有再退第三次的跡象，還提出一份明年的某項補助提案書，當然一些例行性進書，一口氣也追加了幾間出版社的訂單。

還好，小書店店工們都很可靠，老板娘可以放心閉關去。閉關要做什麼呢？主要是要完成一本小書店兩週年紀念故事書，趕在一個月內完工；還要完成一份書店明年度預算及補助計劃書、今年度的期末結案報告、自己想要靜下心來把學得七零八落的日文好好充實一下，純粹興趣。

這些事在書店裡、家裡不能做嗎？可以是可以，但書店雜事比我們想像的要多許多，顧店結束後通常累到只能癱在沙發上，稍稍休息後再回電腦前，雜事郵件還是一直來，等到關了電腦都半夜了，自己並不是做事那麼有效率的人。

以小書店的狀況，如果沒有店工們協助，全部的事情都自己做，其實是可以領到夏琳十八年前薪資水平，但會與上班族時代的工作量沒有兩樣，甚至更累。有店工協助，夏琳也才得以擁有自己可支配時間，做自己想做的事情。

其實這一年有文化部補助舉辦許多活動，在人事支出上也相對有些較寬鬆的支應。年過四十，人生還有多長？十五年、二十年、三十年？要以什麼態度在這世上生活呢？這真是個大哉問，相信每個人生活與成長經驗不同，會有不一樣的思考和解答吧！

2014.10.30／熊本，我來了！

有天看到介紹，熊本有個短期語言中心推出課程，算算很便宜，想起前一陣子不小心報名了日文檢定考試，書店忙得要命哪有空唸書啊！隨口向伊果阿伯說，好想去那裡住一個月喔！沒想到阿伯竟然說可以。掙扎許久，給這段行程添加了些附帶任務，這才心安理得出發了。

因為要安靜寫東西，語言中心幫我租了一個安靜的小套房，騎自行車約十分鐘之外的地方。這裡是住宅區，房間在最邊間，隔壁就是小學操場，下午一直聽著小朋友玩耍竟不覺得吵，而是，我真的來日本住了，好妙。

每天上下課騎車剛好運動，之前的生活只有勞動，沒有運動，聽著自己的心臟跳動、大腿的痠痲感、得張開嘴巴拚命多吸點空氣，好像活過來了似的。黃昏時分路邊稻田上週才收割，在田梗邊深呼吸，聞稻禾香味，其實台灣鄉下也有，不必出國，好羨慕。

房間痲雀雖小五臟俱全，交屋前整理得非常乾淨，帶了抹布也只是隨便擦擦。還好有帶小鐵壺煮水，現在才能喝熱熱的茶，房裡有電熱爐、微波爐、冰箱、洗衣機、流理台和冷暖氣，一個人住剛剛好。

這期學生只有我一個，有另一位學生臨時退出改期，換句話說就是一對一教學，目前全部就只有我一個，下期學生要下週才會到，就算到了也和我不同班。心裡想，好像賺到了？

第一天就先考試，一邊考一邊流鼻水一邊流鼻血，可能是太乾燥吧。考試成績自然是慘不忍睹，鼻血也很驚人。老師拿N2級試題（日本能力檢定最高級N1級、最基本N5級）來考，我猜想她評完分會說：「妳確定妳有考過N3？這種分數連N4都沒有耶。」

迅速猜完逃離現場，找到大型家電賣場，買了吹風機、一人份小飯鍋、小鐵鍋、一個大碗、兩支湯匙，還有一些糧食。當學生果然每天的大事就是吃飯啊。

第二天上課，開始有很多講話機會，雖然講得支離破碎，但還是開口了，以下是對話，請容許我把它們變成流利的中文：

「夏琳是開書店的啊，開書店有沒有什麼困難的地方呢？」

「有喔，台灣的書都是自由隨便打折呢，新書上架第一週就是七九折喔！」

「咦！真的嗎，新書第一週就打這麼大的折扣！」

「對啊，台灣不像日本在哪裡買都是固定的價格，所以大家都去網路買，哪裡便宜就去哪裡買。最近還變本加厲，常有二本七五折，我常在想，為什麼不乾脆一上市就打對折好了呢！書是文化財，不應該像一般商品隨便賣，就算是一般商品也很少一上市就打折的，我們去百貨公司買衣服，新品上市多數不打折，等三個月後要換季了才打折不是嗎！」

「是這樣啊，這樣的話小型書店不就更難生存，尤其是大家現在都在玩手機玩遊戲。」

「是啊，但是特殊風格的在地型書店很重要喔，那是一個街區的文化意象，但是這樣的書店也快速消失中，比起以前，台灣現在剩不到二分之一了的數量了。」

「這真的是很困難經營啊！」

「是啊，所以台灣的政府也注意到這個問題，所以會編列預算補助，我們書店今年就補助一百萬元喔。而且最近書店話題在台灣很熱門，我們家也常上新聞呢。」

聊著聊著，親切有著甜美笑容的老師不忘把話題搬回學習上：

「這是今天的作業，這一段文章要記熟，明天要考試。」

「啊～～」

「另外這一份作業也要寫喔。」
「啊啊～～」
「今天上課的內容一定要複習喔！沒有漢字的單字要多記起來。」
「啊啊啊～～～」

2014.10.31／另一個世界

前幾天逛超市太開心，買了很多食物，就算足不出戶三天也不會缺糧。
今天就沒去了，打算先吃完庫存糧食。

早餐：熱可可
午餐：兩片厚片法國土司（土司浸蛋汁煎）、四根德式小香腸
晚餐：麻婆豆腐丼飯（有高麗菜、香菇、肉、手作豆腐）

真要好好誇獎土司和豆腐，半條土司日幣七十八元、手工涓豆腐一大塊六十八元，雖然土司是工廠大量製造，卻比超商土司要便宜，還上電視打廣告；至於那塊在地手作豆腐更不用提，很美味。

一方面夏琳很會挑，一方面日本在匯率持續走跌下還這麼便宜，以個人對於日製品信心，我想它應該不會用什麼恐怖原料吧！當然日本也是有發生過這類事情，前陣子日本麥當勞對原料不慎，引起很大話題。

家教式上課挺有趣，一早考試八十五分，明明就背得很熟了，怎還會寫錯呢？只好尷尬一直對老師說：哎，有年紀了啊、有年紀了吧，沒辦法之類的

藉口。老師問：「年紀大了之後，遇過什麼問題嗎？」

想了想，笑著告訴她前一陣子大男生叫我阿姨的事。她開懷大笑直替我抱不平；聽到有人留言說大男生的媽媽可能看起來只有三十歲，也完全同意這個觀點。老師小我四歲，看來應該能夠相處愉快。

回到小窩，打開落地窗，四處無人，沒有鄰居走動，這排出租公寓都是小套房格局，住客多半單身，大家都去工作了。隔著圍牆的小學，有操場、司令台、遊戲設備，那不就是小丸子卡通裡的校園格局嗎？遠遠傳來學生上音樂課的歌聲，仔細辨認竟聽懂，那是一首偶像團體上紅白合歌戰時唱的歌，歌聲嘹亮。

正想結束今天的日記時，九點檔綜藝節目正介紹中國少數民族，讓我注意到的是藝人出外景長途跋涉到中國偏鄉，訪談居住於該地八十七歲日本婆婆。完全就是山崎豐子大河小說《大地之子》再現，只是主角從孤兒換成十六歲少女。

少女滿懷美好夢想到滿州開墾當花嫁娘，不久，二次大戰結束，蘇聯入侵東北、偽裝、逃難、嫁中國人、生子、第一任丈夫和女兒過世、再嫁公務員、再生子，共產黨主政、文化大革命，隨之而來的勞改迫害，什麼都經歷過了，但她咬牙撐過來了，直到一九七二年日本與中國再度建交，才有機會在三十年之後回到日本，結果聽到日語，完全說不出話來……，最後還是回到大陸和兒子一起住。

這是星期五九點檔精華時段一小時的內容。一輩子的人生故事，用一小時說完，好短；黃金時段全用來訴說這個感人故事，好長。

2014.11.02／生活瑣事柴米油鹽眞有人感興趣？

今日是日本三連休的第二天，假日天氣陰雨有點可惜。不過也好，斷了又想趴趴走的念頭，還是先把寫作進度給拉上來。在台灣時已經寫完七篇，現在目前為止累積也有十三篇，希望今日結束前可以再多寫兩篇。還有日文作業，老師可能發現我的問題就是單字記太少，給了一堆生字作業。哎，年紀大了記生字真難，記了就忘。

為了買曬衣繩中午還是出門了，也順便再補點食物。宿舍附近有一間百元商場，東西非常多，買些簡單東西如迴紋針、文件夾、曬衣繩之類，挺便宜。

越過一條馬路，再到大賣場採買食物，一樓分成幾個區塊，有主體大超市、藥妝、麵包店、花店、幾間專櫃，特別在意的還有一小區塊是小型生鮮超市，規模比大超市小許多，名字為「農家的食桌」，主要銷售小農的農產品蔬果及各種肉類及乾貨，還有一些熟食。

幾位阿姨在小小熟食區挑選著，好奇湊了過去，她們都在搶購一位名叫中村牧子的便當。看起來十足家常手工，好像就是鄰家阿姨早上多煮了一些，分一些來賣的感覺。我也買了兩個小的，其中一個是有兩個飯糰及一點點小配菜的便當、另一個是沙拉壽司。啊，等到想要拍照已經吃完了。

橘子則是熊本市河內町內田慎一郎先生種的，一小袋賣一六〇日幣，是目前最便宜的當季水果；這包已經被我吃掉一半的菠菜九十八元，則是本田先生所種。

另外還奢侈買了一小盒國產和牛，大概只有七、八小塊，分量就是一份咖哩牛肉飯那麼多，三一八元、九州產雞肉丁一七八元，還有香草口味的雞胸肉二二一元。比較貴的是洋蔥，三小粒就要一五八元、蒜頭一粒完整的一九八元。這些的分量都是少少的一、兩人份，以方便單身煮食。

旁邊的麵包店也很熱鬧，仔細一看，今日全部均一價一〇八元！連土司也是一〇八元、各類美味的麵包也是一〇八元，夏琳雖然是麵包控，但很克制的買了一長條大蒜麵包、一個葡萄麵包、一個乳酪麵包。

既然都來到超市了，還是再稍微再逛一下吧，來那麼多天，我還沒喝可爾必思耶！還有也要買一小瓶牛奶，摻一點到可可或濃湯裡會更美味喔！眼睛又瞄到旁邊冷凍櫃的標示：今日冷凍食品全部半價！

啊啊啊！這超市會不會太懂貪小便宜的中年主婦的採買心理了！

2014.11.04 ／ 爲什麼還滿江紅？

曾經對友人說，其實老板娘是個懶散的人。

理由是因為知道自己很懶散，為了防止自己過分懶散下去，就得想很多事來做，而且要趕快去做。如果哪天沒有時間壓力，真的可以什麼事都不做，享受那份自由的懶散。

例如說，嫁人就當個家庭主婦就好，幹嘛開店。

例如說，開了書店，就安靜賣書就好，幹嘛還要把自己十八般武藝全投了下去，副業忙過主業。副業就是理念的實踐，如規劃社區活動、培訓、課程；主業就是賣書。

例如說，想要好好放鬆一個月，就單純地去旅行一個月就好，但自己還是給自己硬加了很多附帶條件，唸書、寫作、寫案子等，當然店內行政事務也在掌握之內。到底老板娘是個喜歡懶散的人，還是喜歡很忙碌的人呢？其實自己沒有答案。

每天最重要的事就是把老師交代的功課完成，上課內容複習，把不懂的生字整理起來熟記。但是，或許年紀大了，或許專心度不夠，明明背了一下午，卻是隔日就忘，或是一緊張就全忘記，每天上課前的考試，滿江紅啊。

不過，學習是樂趣，不帶目的地學、認真體驗學習過程，也就夠了。複習差不多了，就寫個幾篇文章。不敢自稱作家，但就是把這兩年來的文字與心得做個整理。

老板娘年過四十，仍在閱讀、還在學習、還在寫字、還在認真生活，為生活增加樂趣，雖然現在生活很單純，但是每到十二點就開始煩惱時間不夠用。累嗎？其實，也就只是在自己能力範圍裡努力而已，不是做什麼大事業。

工作以外，我們有什麼呢？中、老年以後，我們拿什麼來告訴自己，這一生認真走了一遭了呢？老話一句，相信每個人生活成長背景不同，會有不同的解讀的。

該去背書了。

2014.11.05 ／ 三小時散步小旅行

今早走路去上課，騎車十分鐘，走路不知三十分鐘夠不夠呢？定好鬧鐘七點五十分出門。擔心遲到，腳程稍微快了些，雖然氣溫僅僅八度，沒幾分鐘也微微冒了些汗出來。

走路和騎車所看到的風景不一樣呢！前兩天行進路線路是語言中心員工指引，那是一條直行的路，不會迷路；但那條路緊臨物流倉庫區，有很多上班車潮及卡車進出，騎車挺緊張。第三天就自己另行摸索，一條主線四線道，有樹蔭也有人行道，騎車走路皆宜。

似乎走了半程，覺得應該不至於遲到了，迎著初陽微風，順手拿出手機，把筆記翻出來複習，邊走邊唸，意外地效果挺好。今天雪恥成功，考了九十四分！

來了九天，除了超市沒去其他地方，也該出去走走了，搭巴士到熊本最熱鬧市街區，打算找地方吃飯，順便逛逛。晴空中的熊本城、市立美術館、往來交錯的地面電車、首次造訪的拉麵和包子，很感慨啊，一個城市的文化，不就是得從這些人事物的歷史中探尋出來的嗎？

突然，一家在商店街裡的書店吸引了我的目光。吸引注意的是門口的一張海報：創業明治七年二〇一四年七月三十一日重新開店。回宿舍後查了資料，原來長崎書店有兩家，本店「長崎次郎書店」一八七四年開、分店是一八八九年開，這兩家書店都是熊本相當有歷史的書店，兩家已分家獨立，但仍保持密切往來。

最有名氣的長崎次郎書店，下回散步一定要去拜訪，據說是日本文學家森鷗外在《小倉日記》中提到「書店主人長崎次郎來訪」之外，書店本體由當時大正時代最有名的建築家所建，是文人名士造訪之地，現在已被指定為國登錄有形文化財。曾經遭遇許多風雨，西南戰爭被毀，重建再重建，如今，百年名店再度重新修復再開，已經是第四代繼承，更承載了近代熊本的記憶。

拿了一本書和一本雜誌結帳，其實還有其他書想買，一本是介紹八十間日本個性書店，書店店員還在雜誌樣本標示「這本雜誌當然也介紹了長崎次郎書店喔」！另一本是熊本熊為封面的旅遊季刊，重點其實是贈品熊本熊小袋子，好可愛。

2014.11.06／滿簡簡單單吃頓飯，眞好

抵達熊本已十二天，真正坐在外面吃飯只有三頓，其他都是自己在宿舍解決。三頓有二頓在這個食堂吃飯。

這食堂位於另一條走回宿舍路的中間點，像一般自助餐，要吃什麼自己拿，客人多數是附近藍領、路過業務員、出門散步逛附近賣場的老夫婦，幾乎都是男生，女生除

了老婦人之外，幾乎沒有。是不是女生們大家都帶便當呢？語言中心的老師說她都回家隨便煮點當午餐，下午再去上班。

沒有奢華感，大家都是一碗新米煮成的飯（藍領都點大碗，老人都只吃小碗）、一小碗昆布和蔥隨便放的味噌湯、一小碗肉類主食，再加一份人氣現做玉子燒或沙拉。一個人安靜吃飯，二、三十分鐘可以吃完，再喝杯茶就走。

簡簡單單吃一頓飯，真好。

2014.11.08／百年老書店再開，想要成為社區裡最棒的書店

記得前幾集，夏琳寫了要去拜訪一間「長崎次郎書店」嗎？今天去了！在這裡當了大戶，買了好多書！

「請問我可以在書店裡拍照嗎？應該是不可以吧？」想起要幫一本雜誌寫稿，沒有照片不行，於是鼓起勇氣用蹩腳日語問了書店店員。

「如果是拍書店風景，大片大片整個拍，可以喔！」

「啊，可以啊，太好了，謝謝！」

「妳日文很好呢，請問從哪裡來的啊？」店員好奇問我。

「沒有沒有，只會一點點而已，我從台灣來的喔！」

看到店員一臉好奇，我又接著說：「其實我也是在台灣經營書店的，

來到熊本，這次專程來拜訪貴店的。」

「真的，實在太感謝了！難怪妳選了這些書！」

「非常喜歡你們書店，很棒呢！其實我剛好要幫台灣的一本雜誌寫一篇有關貴店的書店採訪，所以才要拍照……」

「啊！非常謝謝！那刊登後可以在網路上找得到嗎？」店員驚喜的說。

「恐怕是找不到，這樣吧，請給我 E-mail 我再傳給你們。」

「真的非常感謝！」

店員小姐拿出一張書店製作《JIRO 通信》送給我，這真是太可愛了！有手繪的書店內部地圖、書店所有店員可愛人像及所負責的書店工作、還有當期的展覽及書店歷史等。

買了書店推薦的《善き書店員》，裡面有一篇不小的篇幅是介紹這家書店店主的故事，看了第一頁好有趣，想和大家分享，不過得等這篇文章看完。其他的書還有介紹日本特色書店、日本風格的色彩書，還有一本以日本人的觀點在講日本與台灣的關係，標題下得很有趣，簡介也很妙，希望內容以我粗淺程度能讀得懂。

2014.11.14 ／ 佇立舊街區 熊本百年書店重生

——原收錄於第32期《小日子享生活誌》

這次來到位於日本九州中部熊本縣，小住一段時間，雖然並非是專程探訪書店的旅行，然而書店店主遇見有趣的書店，總會迫不及待想一探究竟。

在日本，再怎麼偏遠城鎮，一定會有幾家書店在街角服務居民。全日本書籍統一定價，即使是現代社會資料數位化、購物網路普及，小型書店似乎還是能夠勉強存活下來。

長崎次郎書店是熊本縣內最早開設的書店，一八七四年於熊本新町創立，主要販售書籍及文具；另一間分店「長崎書店」由初代店主養子一八八九年於上通町開設。一八七七年日本最後內戰西南戰爭爆發，書店毀於戰火之下，但隨即重整再度開店；一九五三年熊本水災，分店積水深達近兩公尺，損失慘重。二戰後兩間店經營獨立，都是熊本相當有歷史的書店。長崎次郎書店於二〇一三年春天休業，經過一年多時間，今年七月三十一日重新開幕。重建、復興、再重建，今年，百年名店再度重新修復再開，由第四代繼承，繼續承載近代熊本深厚的文化記憶。

經營了一百多年的書店，文人雅士絡繹不絕，日本文學家森鷗外在《小倉日記》中提到「書店主人長崎次郎來訪」，是書店歷史中最引以為傲的一段往事。長崎次郎書店建築本體由當時明治大正時代非常活躍的建築家保岡勝也於一九二四年設計興建。今日，建築物已被指定為「國登錄有形文化財」，是在地居民引以為傲的文化地標。

然而時代巨輪激烈轉變，還有出版環境諸多嚴苛課題，書店再開自是艱辛困難。但是，想到熊本百年歷經數世代，都與書店有密切關係，在地居民總是如同呼喚鄰家友人般，親切稱書店為「長崎次郎」，就非常期待重新開張，希望能夠成為被在地居民所需要的書店。現任店主長崎健一多次訪談中如此表示。

現任店主非常年輕，今年三十六歲，在《善き書店員》一書中，週遭人們總是會告訴獨生子的他，「這是一間有歷史的店喔！」，學校老師總是會把寫滿書籍名稱的小紙條交給他，讓他帶回家訂書。青少年時期，書店正式員工超過三十人，書店工作車四輛，兼職員工十多人，送書範圍遍及各級學校、圖書館及公司行號，書店面積超過三百坪，是相當繁盛的一段時期。然而建築日漸老舊，更新穎的大型連鎖書店紛紛進駐等時代因素，使得百年老店出現危機。

被戰爭燒毀、被時代所逼停業，但它仍堅持傳承之路，第四代店主的再開店企劃案爭取各界支持，包括公部門與銀行融資交涉，從修復百年建築開始，努力讓它再度站起。這間書店的歷史比熊本著名路面電車，還要再早半個世紀，與路面電車共同守護舊街區，在電車鐵軌前遠望書店，特別有感。

現今長崎次郎書店規模縮小，員工五人，一進入書店是熱門雜誌專區，其他分類包括熊本在地作家專區、兒童書籍專區、文學藝術專區、生活實用類專區、旅行書區、學校參考書區、文創雜貨區，還有一個小巧可愛的藝術展覽空間，展示在地藝術家作品，非常符合社區型書店需求。

書店也製作《JIRO通信》，有手繪書店內部地圖、店員圖像、選書推薦、展覽介紹、書店歷史等豐富內容。書店店員與客人互動也非常親切頻繁，當筆者告知店員自己從台灣來，也是書店經營者時，兩位店員都非常興奮親切攀談，並推薦書籍。書店店員不只處理基本行政事務，他們同時也擔任特色選書、策劃書店活動、編輯書店刊物的工作，例如其中一位書店店員平野淑湖小姐，她原本是雜誌編輯，也曾在海外從事兩年志工工作，擔任兒童書區及學習類書籍選書。

長崎次郎書店對未來的期許，單純地想成為理想中的社區書店。擁有一四〇年文化底蘊，從繁華榮景的大書店，轉變成為守護社區小書店，如此的改變，非常期待。

長崎次郎書店　http://www.nagasaki-jiro.jp
長崎書店　http://nagasakishoten.otemo-yan.net

不專心賣書的小書店和它的常客們
—— 南崁1567小書店邁入第三年紀念書

作　　者　夏琳
繪　　圖　亦馨
出版顧問　陳夏民、銀色快手
審稿校正　王秀卿、銀色快手、李璧諭、夏琳
美術編輯　余思瑩
印刷後製　李璧諭
經銷協力　逗點文創結社、友善書業合作社
印刷協力　捷印網企業股份有限公司
出版發行　南崁書店
地　　址　桃園市蘆竹區吉林路156巷7號
電　　話　(03)312-1567
Facebook專頁　南崁1567小書店

初版一刷　2015年2月
定　　價　320元
ＩＳＢＮ　978-986-91456-0-2（平裝）